アーセナルにおいでよ

あさのあつこ

水鈴社

目次

アートワーク　長場雄
装丁　名久井直子

アーセナルにおいでよ

一章　アーセナルより報告あり

1

二〇二×年の119番の日、つまり十一月九日の朝方、午前七時を六、七分過ぎたころ、あたしのスマホが震えた。着信だ。

ちょっと驚いたし、身構えもした。

スマホは苦手だ。苦手というより、嫌いなのかもしれない。ジョブズもウォズニアクも、ものすごい天才で、偉人で、人類の歴史を変えた人物、なのは間違いない。実際、パソコンがあたしたちの日常にどかんと居座るようになって、いろんなことが変わった……らしい。

生まれたときから、パソコンもスマホも当たり前にあった身としては、何がどう変わったのか、イマイチ、はっきりしないけれど。

けど、その天才をもってしても、自分たちの開発した商品が回り回って日本に住む女子高校生の悩みの種になっているなんて、さすがに見通せなかっただろうなあ。

なんて、どうでもいいことを考えている間に、スマホは静かになった。と思ったら、ピコンと短い音を一度だけたてる。今度は、ラインだ。

あたしは、壁に掛かった時計に目をやった。長針と短針と秒針が付いている。何の飾りもなく文字盤の数字がやたら大きい。その実用一辺倒のアナログさが好きだ。

七時十分、ぴったり。いつもの起床時間だ。

ベッドから降りて、机の上のスマホを摑(つか)む。

こんな早い時間に誰だろうか。

幾つかの顔と名前が浮かぶ。あるいは、詐欺まがいの危ないやつかもしれないと、思う。

どっちにしても、面倒くさい。でも無視するわけにもいかない。

息を吸って、吐く。もう一度、吸って、吐く。呼吸を整え、スマホに視線を落とす。

「えっ、嘘でしょ」

思わず叫んでいた。

予想もしていなかった名前が、画面に表示されている。

カイくん。その四文字が目に飛び込んできて、あたしはちょっとの間、息を詰めた。

甲斐くん？　あの、甲斐くん？

詰めていた息を吐き出す。鼓動がいつもより速くなっている。かなり、速い。やばいぐらい、速い。落ち着こうと目を閉じると、前髪パッツンの坊ちゃんカットで、色白で、小柄で、にこにこ笑っている少年が浮かんできた。

これ、幼稚園のころじゃない。もう、十年以上前だよ。過去に戻り過ぎだって。

目を開けて、自分で自分にツッコミを入れる。

芳竹甲斐くん。あたしの初恋の相手だ。初恋で片想いだった。同じ幼稚園、同じ小学校、同じ中学校に通っていたから、告白する機会は幾らでもあったと思う。甲斐くんと二人きりで登校したことが三回、下校したことは四回もあったのだから。下校一回を除いて、後は全部、小学生のときだったけど。中学生になって半年も経たないうちに、甲斐くんはあたしの前から消えた。学校に来なくなったのだ。そして、それからさらに半年足らずの内に、どこかに引っ越してしまった。

そのことをあたしは母さんから聞いた。中学一年の真冬、朝から降っていた冷たい雨が霙、そして雪に変わった夕暮れ時だった。

季節に拘らず帰宅したら必ず口にするレモン水を、グラスに注いでいる最中でもあった。

「千香、芳竹さんのところ、引っ越したんですって。知ってた？」

母さんは人参の皮を剝きながら、何気ない調子で告げてきた。努めて、そうしたのではなく、本当に世間話をするくらいの気持ちだったんだろう。母さんは、あたしの初恋の相手が誰かなんて知らないし、興味もないのだ。

「引っ越した？」

グラスを握り締める。輪切りにしたレモンが左右に揺れた。

「そうなの。お引っ越ししちゃったんだって。昨日の内に、ご近所には挨拶があったって」

「……そうなんだ」

グラスの水を一気飲みする。喉から胃のあたりまで冷たい流れを感じる。

「仕事の都合だそうだけど、やっぱり甲斐くんのことがあるのかもね。もう、一年近く引きこもっているんでしょ。親としては心機一転、新しい土地でって考えたのかも、きゃっ」

母さんが小さく叫び、顔を顰めた。あたしが水道のコックを全開にして、グラスを洗ったからだ。水滴が散って、床まで濡れてしまった。

「もう、どうしてそう大雑把なの。それじゃなくても、あんたは場所を取るんだから。手足ぐらい、静かに動かしなさいよ」

そう言った直後、母さんは僅かに口元を歪め、横を向いた。それから、明るい調子で

「今日の晩ご飯はね、ポトフよ。それと、大根サラダ」と、聞かれてもない質問に答える。言い過ぎたと少し慌てているのだろう。そんな風に取り繕われると、かえって気が滅入る。

あたしは、当時でも一七〇センチ近くあった。骨組みもみるからにしっかりしていて、〝華奢〟なんて単語とは懸け離れた身体付きだ。今は、さらに六、七センチ上積みされていた。小学校の中学年あたりから、ぐんぐん伸び始めた記憶がある。

あたしの名前は、川相千香という。〝川相〟は特別に珍しい苗字ではないけれど、あたしを揶揄するにはもってこいの道具になった。「川相千香じゃなくて、可愛くない千香だね」なんて台詞を何度、聞かされたことか。

これで、身長を武器にして戦えたなら、事態はもうちょいマシだったと思う。つまり、バレーとかバスケットとか、高身長が強みになるスポーツに能力を発揮できたら。ところが、あたしは運動能力に恵まれなかった。というか、スポーツ全般が好きではないのだ。グラウンドだろうが屋内競技場だろうが、競技者として立ちたいとは僅かも思わないし、観客としても、まるで興味が持てなかった。

汗に塗れてボールを追いかけたり、走り込んだり、身体を鍛えたり、勝つために黙々と努力したり、レギュラーの座を目指したり、チームワークに心を砕いたりする。それはそれで、立派だとは思うけれど、あたしには縁のない立派さだ。あたしは、どちらかというと、一人での作業が性に合う。特に、分類や整理が得意だ。本を読むのも好き。要するに、女としては大きすぎる身体を何ら活用することもなく、悪目立ちだけさせていた。
甲斐くんが引っ越してしまった中一の冬、あたしは部屋にこもり、ちょっとだけ泣いた。

その甲斐くんから、連絡？

アドレスは交換していた。中学生の日々に何となく慣れたころ、校門前の桜が葉をびっしりと茂らせて、緑の匂いを漂わせるころ、たった一度だけ一緒に下校した。そのときに甲斐くんの方から言ってくれたのだ。「じゃ、ラインの交換しようか」と。あたしとしては舞い上がる気分だったけれど、結局、ほとんどやりとりしないままに終わった。

甲斐くんは間もなく学校に来なくなったし、あたしは連絡する勇気をどうしても持てずにいた。どうして、甲斐くんが来なくなったのか、今でも知らない。クラスが違ったから、噂しか耳に入ってこなかったのだ。クラス内でイジメがあっただの、担任と揉めただの、根も葉もあるのかないのかわからない噂ばかりだった。

あたしは、自分にコンプレックスがある。昔も今も。

こんな大きな身体をして、美人でもなくて、不器用で他人とコミュニケーションをとるのも下手だ。愛らしさとか柔らかさとか明るさとかとは、ほとんど縁がない。髪も剛毛で、ピンピンはねるので、肩までの長さのものをいつも一括りにしている。

自分が魅力に欠けることは、痛感していた。小学生のときから、わかっていたのだ。

だから、甲斐くんに連絡をしなかった。甲斐くんに迷惑がられるのが怖かったのだ。その怖さの方が甲斐くんへの心配より勝って（まさ）いた。だから、甲斐くんが引っ越しした後も、ちょっとだけ泣くより他は何もできなかった。しなかった。なのに……。

あたしは唾（つば）を呑み込み、スマホを操作する。

久しぶり。早朝にごめん。相談がある。連絡くれませんか。

味もそっけもない文面だ。「甲斐くんらしいな」と呟（つぶや）きたいところだが、甲斐くんらしさがどんなものか、もう、見当がつかなくなっている。なにしろ、あたしは既に十八だ。連絡先を交換してからでも、五年以上が過ぎている。十代の五年は長い。人が変わるのにも、人を忘れるのにも十分な年月だ。

指を動かす。

呼び出し音三回で、応答があった。

「もしもし」

若い男の声だ。艶（つや）があって綺麗（きれい）なバリトンだった。

「……あ、えっと、あの川相です。えっと、甲斐……いえ、芳竹さんですか」

「違います」

あっさりと否定されて、あたしは一瞬、固まった。

「え、あ……でも」

間違い電話？　でも、どうして？

「す、すみません。間違えて」

「甲斐に用事ですか」

「はい？」

「芳竹甲斐に用事があるんですか」

「は、はい、そうです」

「川相さんって、えっと、川相千香さんですか」

「そうですけど。あなたは……芳竹さんじゃない？」

「違います。ぼくは、イナツクリと言います。田圃(たんぼ)の稲に作文の作。稲作農家の稲作ですね。でも読みはイナサクじゃなくてイナツクリとなります。結構、珍しい苗字でしょ」

「あ、はあ……」

「でしょ、でしょ。ちなみに名前はフツーです。ヨウタです。太陽をひっくり返して陽太。いかにも稲が育ちそうな名前だと思いませんか。でも、うち、農家じゃないんですよね」

「はあ……」

「そうそう。あ、うちは農家じゃないけど、祖父母は米農家だったんですよ。だから名前のルーツは稲作文化にあるのかもね」

　バリトンの主は、かなりのおしゃべりのようだ。ただ、声質がいいからなのか耳障りではない。とはいえ、いつまでも耳を傾けているわけにもいかない。あたしはスマホを少し離し、呼吸を整えた。相手が一方的にしゃべり始めたとき、攻撃的な、あるいは押しつけがましい、あるいはどうでもよ過ぎて全く興味をそそられない、そんな言葉や気配を聞き流す。そのためには、スマホと耳の間に少しばかりの空間を作るのがいい。流れ出す言葉も気配も直接に耳孔（じこう）を突（つ）かず、周りに零（こぼ）れていくように感じられる。それで、あたしはちょっと落ち着けるのだ。もっとも、バリトンからは攻撃性も押しつけがましさも臭ってこなかった。どうでもいいかなとは、ちらっと思ったけど。

「あの……稲作さん」

「はい」

「どうして、あたしの名前を知ってるんですか」

「それはですね……、あーっ」

　物音がした。そこに人の声らしき音も混ざっている。その音が二秒ほど途絶えたと思ったら、低い男性の声が伝わってきた。

「もしもし、川相か」

「うん、甲斐くん？」

甲斐くんだ。間違いない。中一のときより、ずっと太く低くなった声だけれど、甲斐くんだと、すぐにわかった。バリトンのときのような戸惑いはない。

「そう。久しぶり」

「ほんとだね。元気してた？」

「わりに。川相は？」

束の間、あたしは逡巡する。別に病んでいるわけではない。でも、元気かと尋ねられて、「元気だよ」と応じられない。表面的な挨拶で済ますなら、「元気だよ」もありだけど。

「ちょっと、疲れてるかな」

あたしは正直に告げた。そしたら、喉の奥で何かがコリッと動いた。隙間ができて、心持ち息の通りがよくなったみたいだ。正直に本音を吐露したら、息の道ができるものなんだろうか。息が自然にできる快さを忘れていた。

「そっか、疲れてるのか」

「うん。高校生やるのも疲れるもんだよ」

あはっと甲斐くんが笑った。嫌な笑い方じゃなかった。

「似てるよな」

「え、似てるって？」

「今の話、中学の時に帰りながら話したやつと、似てる」

「あ、そうだっけ……」

風が青く香るころだった。あたしはまだ、一六〇センチ台前半の背丈だったけど、甲斐くんより一〇センチちかく、大きかった。その差を気にしながら、身を縮めるようにして並んで帰ったのだ。中学三年間の中でたった一度だけの、甲斐くんと歩いた思い出だ。

記憶がよみがえってくる。

「中学校も疲れるなあ」と、甲斐くんはため息を吐(つ)いたのだ。五年前に疲れていたのは、あたしではなく甲斐くんだった。

でも、今はどうだろうか。

スマホの向こうで、甲斐くんがふっと息を吐(は)いた。

「話があるんだけど、近いうちに逢えないかな」

「えっ？　あたしに」

我ながら間の抜けた物言いをしてしまった。とっさに、何を言われたかが理解できなかったのだ。あたしは昔から他人とのやりとりが苦手だ。妙にぎくしゃくしてしまう。相手の言ったことへの理解速度が遅いんだと思う。だから対応が一歩も二歩も遅れる。

「うん。できればリアルで逢いたいけど、無理かな」

あたしはパジャマの胸の上に手を置いた。頭の中で甲斐くんの言葉を反芻(はんすう)する。

「無理じゃないよ」

「ほんとに？　ありがとう。マジで感謝」

甲斐くんの口調がポンと弾んだ。その明るさに、少し怯む。

「いつがいい？　できる限り、川相の都合に合わせるから」

「あ、えっと。あの急ぐの？」

「早ければ早いほどいいけど、それはこっちの言い分だから」

「あの、甲斐くん、今、どこにいるの」

「あ、ごめん」と謝った後、甲斐くんが告げた住所に、あたしは息を吸い込んでしまった。

うちからだと、自転車で二十分程の距離だ。

そんなに近くに、そんなに近くにいたの？

「あたしは、今日でもいいけど」

今度は甲斐くんが息を吸う気配がした。最速の日程提示には、さすがに驚いたらしい。

「暇なの」

あたしは、そう言って肩を竦めた。

「朝ご飯を食べたら、図書館でも行こうかなって考えてた」

暇なのも図書館に行くつもりだったのも本当だ。今のところ、甲斐くんに嘘はついていない。それが、意外に気持ちよかった。息の道がまた少し広がったみたいだ。

「そっか、助かる。じゃあ、午前中でもいいかな？」

「うん、いいよ」

あたしは幼い子どもみたいな返事をしてしまった。頰が火照る。ビデオ通話でなくて、よかった。

「ありがとう。こんなに、とんとん話が進むとは思わなかった。じゃあ、十時にK駅近くのファミレスで。すぐに地図を送るから。それで、大丈夫？」

K駅は最寄りの駅だ。歩いて十五分もかからない。

あたしは答えた。

「問題ないです」

ありがとうを繰り返して、甲斐くんは通話を切った。学校は？　と、一度も尋ねなかった。

あたしはスマホを机に置き、パジャマを脱ぎ捨てた。秋の終わりの冷気が肌に直接触れてくる。腕に鳥肌が立った。

下着を着け、普段着のトレーナーを頭から被る。それで寒さが半分に減った。

スマホが鳴る。

甲斐くん、ではない。あたしは、ゆっくりとスマホを持ち上げた。

「もっしー、千香。おはよーっ」

温かみのある柔らかな声が響いた。明るくて、楽しげでもある。

「あ、おはよう。菜々美」

山脇菜々美。あたしの数少ない友人の一人だった。中学三年間、同じクラスになり、一年と二年は図書委員を二人で務めてきた。進学した高校も一緒だ。高校生になってからは、クラスは分かれたが図書委員の活動は続けていて、月に一度の委員会で顔を合わせていた。人見知り傾向が強くて、他人のおしゃべりへの理解速度が遅くて、だから、周りと巧く調子を合わせるなんて芸当ができないあたしに比べれば、菜々美はずっと社交的で、苦労なく誰とも付き合える。それにも拘らず、菜々美はあたしの傍にいてくれた。「千香とだと、本の話とか思いっきりできるじゃない。そーいう存在は貴重で、大切だよ。あたしら本オタクってことで、お互いによろしくだね」と、笑いながら告げてくれた。

誰かに貴重だとか大切だとか言われた覚えがなかったから、嬉しいというより恥ずかしくて、あたしは頬を赤らめたのだ。

「千香、起きてた？」

柔らかな口調のまま、菜々美が問うてくる。

「起きてたよ」

「おっ、じゃあ今日はガッコ、来るよね」

「……いや、もう一日、休む。何となく熱っぽいんだ。あんまり無理したくないし」

菜々美が返事をするまでに、少しの間があった。

「無理したくないか。推薦で大学決まっちゃった人って、ほんと余裕だなあ。羨ましい」

「菜々美」

「あ、ごめん、ごめん。駄目だなぁ、あたし。千香が羨まし過ぎて、つい嫌味っぽくなってた。ほんと、このままじゃ駄目美になっちゃうわ。気を付けようっと。ごめんねぇ〜」

語尾を伸ばして謝った後、会話は終了した。

静かになったスマホを充電器に繋ぐ。バッテリーの残量は三〇パーセントを下回っていた。

「このまま、電気を食べなきゃ、あんた餓死しちゃうのかな」

薄青色のモバイルに語り掛ける。

死んじゃったら、どうだろう。

片手に納まるほど小さなこの機器を失ったら、あたしはどうなるだろう。あたしの日々は変わってしまうのか、そんなでもないのか。

考えてしまった。

餓死させるまでもない。電源をオフにすればいいだけだ。機能停止。一思いに息の根を止める。あたしの物騒な物思いを断ち切るようにスマホは音を立て、甲斐くんから新着メッセージが届いたことを告げた。

全国チェーンのファミレス、そのK店のホームページだ。これで地図と住所と電話番号がわかる。今月、お勧めのメニューが一般用と子ども用に分かれて載っていた。この店なら知っている。二度ばかり、食事をした。一度目は家族と、二度目は菜々美と。パンケーキが意外に美味しかった記憶がある。

あたしは〝了解〟の二文字を返して、スマホを元の位置、机の上に戻した。

スマホは機械だから死ぬも生きるもない。優しさも非情さもない。

頭を振る。太くて硬い髪がバサバサと揺れた。

希望の大学への進学が決まってから、スマホに結構な数の悪口やら雑言（ぞうごん）やらが届くようになっていた。連絡先未登録の相手からだ。それはもう、驚くぐらいのあからさまな敵意や怯むほどの攻撃的な文言だった。〝ディスる〟という俗語が尖（とが）ったナイフみたいに、生々しい恐怖と危うさで迫ってきた。

あたしの容姿を揶揄するものも、たくさんあった。

怒りや悲しみより、怖かった。正体の知れない相手に震え上がって、あたしはベッドに丸まったまま暫（しばら）く動けずにいた。正体不明の相手の内に、菜々美がいたとは思えない。菜々美はしゃきしゃきした物言いをするし、好き嫌いもはっきり口にする。でも、雰囲気に流されて誰かを責めたり、貶（おとし）めたりしたことはない。少なくとも、あたしは一度も知らなかった。

ただ、あたしの進学先が決まってから、菜々美の態度がよそよそしくなったのは明らかだ。その進学先が菜々美の第一志望の大学、学部であるのも確かだ。

嫌がらせのSNSの中に、あたしが図書室の机で本を読んでいる写真があった。図書室のガラス戸越しに撮影したのだろう。全体的にぼやけている。特にあたしの顔は意図的にぼかしてあって、あたしだと判別できない。でも、身体の大きさや猫背気味の姿勢から、わかる人には、すぐにわかってしまうだろう。その一枚には、

　読んでいるのはカフカの『変身』？　どことなく芋虫っぽい。

とコメントがついていた。

あたしの周りにいる誰かが写した？　だとしたら誰？

嫌なやつだと思う。コメントの主ではなく、あたし自身が、だ。

菜々美を疑っている。受験のストレスから、あたしをディスっているのではと疑っている。その疑いを捨てきれない。かといって、面と向かって問い質そうともしない。事実を確かめることを躊躇（ちゅうちょ）し、そのくせ、受け流すこともできなくて怯（おび）えて、縮こまって、悩んでいる。

そんな自分が嫌だ。

嫌だけど一生付き合っていかなきゃならない。自分を自分で切り捨てたりできないのだから。だとしたら、もっと上手に付き合いたい。あたしは、あたしを持て余したくない。できれば、好きになりたいのだ。

デニムパンツをはき、ブラシで勢いよく髪を梳く。梳き上がった髪を摑み、黒いゴムで一括りにして、朝の準備はおしまいだ。でも今日は、顔を洗った後、クリームをつけて肌の艶を出そう。唇にもリップを塗ろうか。

心が浮き立つこの感覚は、久しぶりだ。

甲斐くんは、あたしに何の用があるんだろう。どうして急に連絡をしてきたんだろう。そして、どんな風に変わっているんだろう。

あれこれ考えてはみるけれど、答えは摑めない。だから、止めた。

あれこれ考えないで、動こう。

今はそんな気分になっている。前向きだ。久々にやる気と食欲が出てきた。

カーテンをめいっぱい開ける。空は青く、からりと晴れていた。どうりで寒いはずだ。風があるのか、庭木の梢が揺れている。

あたしは窓も開け、朝の風を吸い込んだ。鼻の奥がツンと冷たくなって、くしゃみが出た。

K駅の東口から、さらに東に二分ほど歩く。突き当たった大通りの交差点を渡り、南に曲がるとすぐに待ち合わせの店に着いた。時間を確認すると、十時にはまだ十五分も間があった。

あと十分時間を潰そうと踵を返し、歩き出したとたん、背後でバリトンが響いた。

「おーい、待ってよ。川相さん。かわあーいさん」

振り向く。目を見開いたまま、その場に棒立ちになってしまった。

肩を越えて伸びているオレンジ色の長髪、右半分が青、左半分が赤のシャツ、青い縦縞に金色と銀色の星が幾つも散っているパンツ。あまりにカラフル過ぎる男の人が一人、店の前で両手を振っている。

え？　なにこれ？　アメリカ？　星条旗？

あたしが瞬きを繰り返している間に、そのカラフル男は跳ぶような足取りで、あたしの目の前までやってきた。目を見張るぐらい身熟しが軽い。その軽やかさに一瞬だが、服装の奇抜さを忘れていた。

「川相さんだよね。川相千香さん」

あたしの方が背が高い。顎を突き出すような仕草で見上げながらカラフル男は、あたしの名をゆっくりと呼んだ。あたしもゆっくりと、

「はい、そうです」と返事をした。

「ポニーテールか、似合ってるね」

いきなり髪型を褒められ、どう返していいかわからない。あなたの髪は奇抜ですねとも言えない。奇抜な色合いが、この人に良く似合っているのは確かだけれど。

カラフル男が両手を左右に振る。

「ぼくが誰かわかるかなぁ」

「はい……あの、たぶん、稲作さんですか。稲を作るの稲作さん」

「ピンポーン、大当たり。大正解です」

カラフル男の稲作さんが右手を差し出してきた。ピンク、青、赤、紫、緑。爪も賑やかに色付けされていた。ラメ入りのマニキュアらしく、指の向きの加減できらきら光る。

「はい？　あの……えっと」

マニキュアを褒(ほ)めればいいのだろうか。確かに、僅かのムラもなく綺麗に塗られている。プロの仕事という感じだ。

「握手」

稲作さんが右手をひらひらと振った。

「あ、はい」。とっさに手を出していた。強く握られる。けっこうな力だ。あたしの大きながっしりした手を稲作さんの長い指が握り込む。人の熱が手のひらに伝わってきた。

稲作さんが、にっと笑った。人懐っこい笑顔だ。化粧はしていない。でも滑(なめ)らかな肌をしていて、ニキビもニキビの痕(あと)もない。目も見事なほど整ったアーモンド形で、長い睫毛(まつげ)に縁どられていた。エクステをしているのか、ビューラーの使い方が絶妙なのか、睫毛の先は不自然ではない程度の美しいカールを描いている。

「忘れてなかった？」

笑みを残したまま、稲作さんが問うてきた。

「え？　忘れるって何を」

稲作さんとは初対面のはずだ。忘れるものなど何もない。

「握手の感じ。ずーっとグータッチだったから、こうやって握ったり、握られたりって忘れてなかった？　川相さん」

あっと叫びそうになる。その叫びを呑み込んで、あたしは呟いた。

「言われてみれば、忘れてたかも」

この前、こんなにしっかりと握手をしたのはいつだったろう。考えたけれど、思い出せない。ここ数年、他人との接触は極力、控えるという暗黙の了解ができあがっていた。あれほど恐れていた感染症を人は治療薬やらワクチンやらを開発し、抗体を獲得し、完全に根絶した……とは、とうてい言い切れない状況ながら、慣れてしまったのは事実だ。つまり、何とか付き合うコツを見つけた、ということだろうか。よく、わからない。

ただ、人と人との距離の取り方が難しくなったのも事実だ。あたしのように、もともと、他人との距離感が上手く取れないタイプでさえ、軋み(きし)のようなものを感じる。誰かと直(じか)に触れ合うことに躊躇してしまう。嫌悪感や罪悪感さえ持ってしまう。そんな人が増えたんじゃないだろうか。せいぜいハイタッチ止まり、固く手を握り合うなんて、とんでもない。

そんな気配が沈み込んで、足元あたりに漂っている気がするのだ。

気がするだけだけど。

「いいよねえ、握手って。そう思わない」

「思います」

「でしょ。ハグはもっといいよ、川相さん。ここで、ぼくにハグされるのどう?」

「嫌です」

稲作さんは長い睫毛を二度、三度上下させ、あたしの手を放した。

「嫌なの」

「はい」

「残念だなあ。ぼくのハグ、すごい気持ちいいのに」

「あたし、ハグされるほど稲作さんと親しくありませんから」

十秒ちかく稲作さんはあたしを見詰めていた。あたしも見詰め返す。こういうとき、何気なく目を逸らしたり、瞼(まぶた)を伏せて視線を遮(さえぎ)ったりする器用さが、あたしにはないのだ。真正面から来たものは、真正面で受け止めてしまう。

「どのくらいが基準になるの?」

稲作さんが僅かに首を傾げ、問うてきた。

「基準?」

「そうそう、ハグの基準。ぼくが川相さんをハグしたいなって思って、川相さんも別にいいけどって思ってくれるのって、どれくらい親しくなったらいいのかなって」

「親しさの基準ですか」

「それそれ。川相さん、初対面でも握手はいいわけでしょ。外国じゃ挨拶代わりにハグするよね。じゃ、川相さんとしたら、例えば二度目に逢うときはいいとか三度目からなら許すとか、キスしてなきゃ駄目だとかあるわけで、そこんとこ教えてもらいたいなあ」

「三度目に逢うからキスまで、ちょっと飛び過ぎですよね」

「初めて逢った相手とセックスしちゃう人だっているでしょ。あ、もちろんお金とか目当てじゃなくて。ビビッときたら飛び過ぎも、順番もないと思うけどな。ぼくは、川相さんを見てビビッときたわけ。わっ、ハグしたいと久々にテンション、上がったよ」

上目遣いにこちらを見てくる稲作さんに、あたしはちょっとだけ笑えた。

面白い人だなと感じた。でも面白がってばかりでは埒(らち)が明かない。

時刻を確認する。あたしが店の前に到着してから十分が過ぎていた。

十時五分前。いい時間だ。

「甲斐くんはどこにいますか」

笑みを引っ込め、稲作さんに尋ねる。会話の流れを断ち切ってしまったけれど、稲作さんは気分を害した風ではなかった。にこにこしながら、店に向かって顎をしゃくる。

「中で待ってるよ。ぼくら、かなり早く着いたから。甲斐は奥の席にいるけど、ぼくは窓際に座ってたんだ。大きなガラス窓から外、見るの好きなんだよねえ。川相さんは？」

「あたしはそんなには……どちらかというと奥側の方を選ぶかも」

「わぉっ、甲斐と同じかよ。さすが幼馴染（おさななじみ）」

肩を竦め、稲作さんは歩き出した。あの軽快な足取りだ。唐突な動きだったので、ついていくのが一呼吸、遅れた。大股で後を追いながら、あたしの足もほんの少し弾む。稲作さんのペースに巻き込まれているのは確かだが、不安より楽しさの方が勝っていた。

あの店の中に甲斐くんがいる。

その想いと稲作さんの新鮮さがあたしのテンションを上げてくれるのだ。稲作さんは新鮮だった。外見も行動もあたしにとっては未知の領域の人だ。

甲斐くんはどうだろうか。そして、なぜ、あたしに連絡してきたのだろう。

そう、これが一番、わくわくする。

甲斐くんがあたしを呼び出した理由って？

自動ドアが開く。店内の空気が、あたしを包む。

適度な暖かさとファミレス特有のいろんなものが薄く混ざり合った匂いだ。コーヒーの香りがやや勝（まさ）っている。

時間帯のせいか、白と淡い青色を基調にした店内には、客はまばらだった。

「こっち、こっち」

稲作さんが振り向き、手招きする。まばらながら、視線がぶつかってくる。派手な恰好の男と地味な身形の大きな女。二度見するような取り合わせなのだろう。

まじまじ、ちらっ、こそっと。いろんな視線を掻い潜り、奥へ向かう。

店の一番奥に設えられているボックス席は、青緑色のソファが向かい合う四人掛けになっていた。黒いパーカーの背中が見える。

「甲斐。お待ちかねの人、来たよ」

稲作さんの一言に、少し丸まっていた背中が伸びて、ゆっくりと動いた。

甲斐くんだ。

強烈に思った。息をするのを忘れるほどの強さだった。

甲斐くんだ。間違いない。

面長な顔も、少し垂れ気味の優しげな眼も、やや癖があって首の後ろでもしゃもしゃと絡まる髪も、黒い縁の眼鏡まで甲斐くんだった。逢わなかった年月をまたぎ越して、甲斐くんが現れた。何の約束も予感もなく、街中ですれ違ったとしても、あたしは甲斐くんを見つけただろう。そのとき、何も考えず駆け寄れるのか、「甲斐くん」と呼べるのかはわからないけれど。

甲斐くんが立ち上がった。

あたしより、背が高い。ひょろりとした体型はそのままだから、大きな案山子(かかし)が目の前に立ちふさがったみたいだ。黒のパーカー、黒のデニム。全身が黒尽くめなので、作り物っぽさが弥増(いやま)している。

「背、高くなったね」

「久しぶり」でも「懐かしい」でも「逢えて嬉しい」でもなく、あたしはそう言った。

「びっくりしちゃった」

「うん」と、甲斐くんが目を細くした。この笑顔も昔のまんまだ。笑った後、右手の指を二本立て、左手は全部の指を広げる。

七……だろうか。

「二五センチは伸びてる。そのせいで、成長痛で苦労したんだ」

「そうなんだ。すごいね」

「川相、あまり変わってないな」

「そうかな。ほんとは、変わりたかったんだけどね」

口にして、少し、慌てた。頬が熱い。

あたしは、ずっと変わりたかった。華奢で柔らかで美しい体型になりたかった。今までずっと胸に秘めていた願望がぽろっと零れてしまった。

「何か注文しなよ」

稲作さんは甲斐くんの横に座り、タブレット型メニューをあたしに向けた。画面はSWEETS、LUNCH、DRINKと三分割され、それぞれにショートケーキとハンバーガーとコーヒーの写真を背景にしている。

「スイーツとか食べる？　ブランチでもいいし」

「レモネードがあれば、お願いします」

「おれも、それで」

「レモネード二つね」

紫色の指先が動き、ピコッと電子音がした。

「変わらず、レモンが好きなんだ」

甲斐くんが座るように促(うなが)す。自分の前の席を指差したのだ。

「うん。変わらず、だよ」

あたしは、甲斐くんの前に腰を下ろした。不思議なほど力が抜けて、心も落ち着いていた。五年前、二人で帰ったときの方がずっと緊張していたぐらいだ。

カラフルな上にもカラフルな稲作さんと黒一色の甲斐くん。何だかおもしろくて、おかしくて、緊張なんてどこかに消えちゃったのかもしれない。

「突然に呼び出して申し訳ない」

甲斐くんが頭を下げた。稲作さんは真剣な顔つきでタブレットのメニューを睨(にら)んでいる。

「ううん。暇してたから」

甲斐くんは軽く頷(うなず)いた。やはり、こっちのプライベートに踏み込んでこない。近況を尋ねなかったし、詮索(せんさく)する素振りを一切見せなかった。

「あの、川相に連絡したの、これを見たからなんだ」

甲斐くんがさっきまで操作していたノートパソコンをくるりと回した。

「あ……」

思わず身を縮めていた。

最優秀論文賞
『学校図書館の活用法　新たな空間として考える』
県立F高校　川相千香

太字の文字が目に飛び込んでくる。

「文科省のホームページに載ってるやつ。ＡＩを使っての蔵書管理と利用者の個々の要求や好みに人とＡＩが対応していく方法。何より図書室って場所を学校と切り離して、新しい空間を校内に創り上げるための施策について、すごく端的に具体的に書かれていて、驚いた。陽太なんか感動して泣きそうになったんじゃないか」

「泣きそうにはなってない。話を盛るのも曲げるのもやめてくれ」

稲作さんが、きっぱりと言い切った。

「でもカンドーしたのは本当。すっごく読み易い論文だったんだもん。読み易いけど、中身はびっしり詰まってるぅって感じでね。中身のないスカスカや、やたら難解なだけで新味のないのばっか溢れてるから、千香ちゃんの、あ、名前で呼んでもいいよね」

「あ、は、はい」

「よかったぁ。ぼく、他人を苗字で呼ぶの嫌いなんだ。何か舌が膨らんじゃう気がして」

舌が膨らむ？　それって、どんな感覚なのだろう。喉が閊えそうではある。

「じゃあ、千香ちゃんね。千香ちゃんの論文、おもしろかったよー。そりゃあ最優秀賞、取っちゃうよねえ。あれ、書くのに、ずい分と時間が掛かったんじゃない？」

「そうですね。でも、あたし、ずっと図書室に入り浸っていて、気になることとか気が付いたこととかメモ帳アプリで残してたから、まとめるのは、そんなに大変じゃなかったです。昔から資料を揃えたり、それを基にしてあれこれ考えるの好きだったので……」

考えるのは好きだ。話すのは得意じゃない。でも、司書の宮沖先生とはよく話をした。

あたしにとって理想の図書室ってどんなものなのか。プライベートでパブリック。個人を保ちながら、他者とも繋がっていける。現実だけじゃなくて、物語の中の人物も含めての他者だ。そういう場所だから、学校の価値観を持ち込まない。持ち込ませない。そのためには、どうしたらいいか。その方法もＡＩと人の知恵を使って見つける。

あたしの取り留めのない、妄想に近い話を宮沖先生は、相槌を打ったり、眉間に皺を寄せたり、考え込んだりしながらずっと聞いてくれた。そして、川相さんの意見を、まとめてちゃんと読みたいと言ってくれた。

あたしは他人の期待や要望に応えるのが苦手だ。力が入り過ぎて、たいてい失敗してしまう。だから、「やってみます」とか「任せてください」とかの台詞は滅多に口にしない。したとたん、気持ちも身体も強張ってしまう。我ながら不器用過ぎる。

でも、このときは「やってみます」と答えた。あたしたちの卒業の翌年、宮沖先生が定年を迎えると知っていたからだ。どの教科の教師よりもお世話になった司書先生に、あたしなりの餞を贈りたかった。

一週間でまとめた。読んでもらった。そしたら、文部科学省とさる大手新聞が主催している、全国コンクールに応募しようと誘われた。

「川相さん、これ、わたしだけが読んでお仕舞じゃもったいないわ。弁論大会やスピーチコンテストじゃないし、応募するだけでもやってみようよ」

宮沖先生は珍しく粘っこかった。躊躇うあたしを何度も説得した。

結局、あたしは頷いたけれど、まさか最優秀賞に選ばれて、授賞式に出席することになるなんて予想外のさらに外だった。

宮沖先生は喜んでくれた。本気で、心底から喜んでくれた。あたしは受賞の余波の大きさに唖然(あぜん)とするばかりで、喜ぶところまでいかない。かなりの数のマスコミからコメントを求められたのも、テレビや新聞で紹介されたのも初めてだった。今、思い返せば、よく対応できたものだと、自分で自分に感心する。たぶん、尋ねられる中身が似たようなものだから、ほぼ同じ答えをすればよかったのと、宮沖先生ができる限り傍にいてくれたからだと思う。そのせいで、宮沖先生が「出しゃばり」とか「生徒を利用してジコマンかよ」なんて、ネットで中傷されたのには、ぞっとしたけれど。

「大丈夫。こういうのは無視しとけば、いいの。すぐに収まるから。あまり、しつこいようなら、打つ手はあるしね。川相さんが心配することはないの」

宮沖先生は、きっぱり言い切ってくれた。ちょっと偏屈なところも、頑固な面もあって嫌う生徒もいたけれど、あたしは宮沖先生が好きだし、助けられた。

あたしが希望校に進学できるのは、この受賞歴に因(よ)るところもあった。かなり、あった。ただ、受賞騒ぎは一月、いや半月もしないうちに退(ひ)いていた。まさか、ここで、今さら、甲斐くんや稲作さんから感想を聞けるとは予想もしてなかった。

「お待たせいたしました。レモネード二つとフルーツパフェでございます」

ウェイトレスが抑揚のない声で告げた。店の内装に合わせて、白地に青いチェックのエプロンを着けている。

あたしと甲斐くんの前には、レモンの沈んだ透明なグラスが、稲作さんの前には生クリームとアイスにイチゴとオレンジとその他の果物がこてこて盛り付けられた器が置かれた。

「わぉっ、いいね。ザ・パフェって感じでサイコー」

稲作さんが短く口笛を吹いた。

「で、千香ちゃん、おれらと一緒に働く気ある？」

銀色のスプーンを手に、稲作さんは、例の人懐っこい笑顔になる。

「働く？　何のことですか」

この人は、少し性急で、唐突だ。何の前置きもなく投げ渡される質問に、戸惑う。

「ちょっと待って、ちゃんと説明する」

レモネードを一口飲んで、甲斐くんはほんの少し身を乗り出した。

「川相、おれ、今度、起業するんだ」

キギョウ？

とっさに、キギョウと起業が繋がらなくて、甲斐くんを見詰めてしまった。視線が絡む。

慌てて目を逸らし、横を向く。

「キギョウって、大企業とか企業年金とかの企業じゃないよ」

四分の一カットのイチゴと生クリームを口に運び、ほとんど噛（か）まずに呑み込み、唇の端に生クリームをくっつけて、稲作さんは続けた。

「事業を起こすって意味の起業。ぼくたち、共同経営者ってことでスタートするんだ」

「事業って、何の?」

稲作さんから甲斐くんへ目を移す。また、視線がぶつかった。今度は逸らさない。

何の話だろう。

甲斐くんはこれから、あたしに何を告げるのだろう。

何にもわからないのに、知らないのに、鼓動が速くなる。

甲斐くんから目を離せない。

2

甲斐に川相千香を思い出させたのは、陽太だった。

このところ恒例になりつつある早朝の打ち合わせを始めてすぐ、

「ちょい、おもしろい子がいるよ。目を通してみたら」

と、促された。陽太が〝おもしろい〟と言うなら、掛値無しにおもしろいのだ。

促されるままに、文部科学省のホームページを開いた。

川相千香。

その名前を目にしたとたん、弾けるように記憶がよみがえってきた。

頭のいい子だった。勉強ができるという意味ではない。ものをよく考える。周りからこうだよと示された答えを鵜呑みにしない。他人の言葉より自分の感覚や経験を信じる。そんな種類の賢さを持っていた。思索なんて言葉をまだ知らなかった幼いころから、千香の思索力を感じていた。

「困ってるのよ」

遠い過去の場面が不意に浮かび上がってくる。

大人たちの会話と見上げた母親の横顔。

母の斜め前で、背の高い女性がため息を吐いた。

「扱いづらい子なのよ」

「千香ちゃんが？　そうかなあ」

「そうなの。苦労してるのよ。まだ六つなのに、何を考えてるかわからないとこがあってねえ」

おそらく千香の母親だろう女性は、二度目のため息を吐いた。

「それに、身体、大きいでしょ。この前なんか、K市のデパートでランドセルフェアやってたから、ちょっと覗いてみたの。来年、一年生だものね」

「あぁ、あれね。あたしも行ったわよ。このごろのランドセルって、ほんと華やかよねえ。見てるだけで楽しいわ。いろんな色がいっぱいあって、あたしたちの子どものときには考えられなかったものねえ。男は黒、女は赤って決まっちゃってたでしょ。それが今は何十色とあるんだから、驚きよ」

「そうね。驚くわね」

千香の母親の口調がぞんざいになる。苛立ちが伝わってきた。千香の母親にとって、ランドセルの色などどうでもいいのだ。

「それで、ランドセルフェアで何かあったの」

相手の尖った感情を感じ、母は巧みに話題を戻した。他人の気配を素早く読んで、話題や物言いを修正する。そんな適応能力に長けた人だった。

「うーん、それがねえ……あたし、泣きたくなっちゃったんだけど。聞いてくれる」

千香の母親が三度、吐息を漏らした。

「もちろん。聞かせてよ」

「売り場の人がさ『ランドセルをお探しですか』って尋ねてくるからさ、正直に答えたのよ。『来年、娘が入学するので、ちょっと気になったんです』って。そしたら、その人さ、あたしの横にいた千香に向かって『お姉ちゃんも一緒に選んであげるの』なんて言うの。この子のランドセルなんですって言ったら、『まぁ、とても信じられませんね』だって。千香の手を引っ張って売り場を離れたわよ。もう、絶対にあそこでは買わない」

「あら、まあ。でも……大きいのは悪いことじゃないでしょ」

「男の子ならね。でも、千香は女の子よ。あんな大柄で、しかも、愛想悪くてぶすっとしていて、可愛げが全然ないの。どんなものかしらねえ。将来が思いやられるわ」

「うちの甲斐と足して二で割ったら、丁度、いいかもね。甲斐はほんとおチビだから」

「できるものならそうしたいわ」

二人の母親は顔を見合わせて、くすくすと笑った。

吐き気がしたのを覚えている。

大人同士の立ち話は、その内容を半ば理解できなかったにも拘らず、吐き気をもよおすほど醜悪なものだった。

千香ちゃんは、悪くないよ。悪口言われること何にもしてないよ。それで、それで、千香ちゃんはいろんなこと、いっぱい考えてるよ。

叫びたい気がした。それから、母親から少し離れて立っている千香を見た。俯いていたから、表情までは窺えなかった。

ママ、おばちゃん。千香ちゃんはわかっているよ。ママとおばちゃんの話が聞こえて、みんなわかってるよ。

嘆くのもいい。愚痴もいい。陰口や悪口やいいかげんな噂話だってかまわない。つい口にすることだってあるだろう。でも、本人の前で本人を嘆き、愚痴るのは止めてほしい。本人が小さな、言い返す言葉も弁明の機会も持たない子どもであるなら、なおさらだ。

こんな風に整然と親たちを非難できたわけではない。言葉を知らなくて、どう言い表せばいいか見当もつかなくて、千香が俯いているのが辛くて、俯かせている大人たちに腹が立って、その怒りの収め方がわからなくて、頭がくらくらしてその場にしゃがみ込んだ。しゃがみ込んだ後、どうなったか。記憶は消えている。

「な、けっこう、おもしろいっしょっ」

陽太が指先で、肩口あたりを突いてくる。

「この子の論文。めっちゃよくまとまってる。で、読み易い。なのに中身はびっしり詰まってる。しかも、独特な視点がきらり。そーとー地頭がいいんだろうな」

「かなり、いいと思う。昔から、よくものを考える人だったからな」

「昔から？」

陽太が隣のイスに座る。

「この子のこと、知ってるの」

「幼稚園から中学一年まで一緒だった」

「あらまっ」と陽太が首を横に振った。チェーンタイプのピアスが揺れる。真っ赤なスタジャンに合わせたのかチェーンの先には紅色の小さな玉がついていた。

「そりゃあ、奇遇だ。連絡先とかわかるの」

「わかると思う。あっちがブロックしてなきゃ」

「ブロックされるようなこと、したわけ」

「してない」

してないつもりだ。でも、と甲斐は唇を嚙んだ。

でも、引っ越す際、川相には何の連絡も入れなかった。引っ越した後もメール一つ、しなかった。それだけの気力もわかないほど疲れていたのだ。

「じゃ、決まり。連絡とってみようよ」

陽太が指を鳴らした。よく響く。

「そう簡単に言うなよ」

「なんで？　幼馴染でしょ。ちゃっちゃっと電話すりゃすむじゃない。ブロックされてたら、それまでのこと。通じたら幸運。みんなハッピー、それでいいじゃん」

イスから立ち上がり、大きく伸びをする。

「ぼくの見るところ、その川相ちゃん、即戦力だよ。放っておく手はないんじゃないの」

陽太は両手を上に伸ばしたまま、室内に視線を巡らせる。甲斐も釣られて周りを見回した。

もともと陽太の祖母の住居だった、築百年になろうかという古民家だ。その一室。かなりの広さだ。畳が敷いてあった所を、板間に造り直した。そこに、机とパソコンを持ち込んでいる。

陽太の祖母は既に亡くなっていた。

「だから、ぼくが、おまわりさんに捕まるところ見なくてすんだわけ。祖母（ばあ）ちゃんラッキーだったよ。けど、娑婆（しゃば）に出たときは、無性に祖母ちゃんの粕汁（かすじる）が食べたかったんだよねえ。あれ、不思議」

冗談めかして、けれど半分は本気で陽太が言ったことがある。

太い梁（はり）の通った天井を見上げ、甲斐は一瞬、目を閉じた。記憶がするすると解（ほど）けていく。

川相千香をはっきりと思い出した。

母親から少し離れ俯いていた。中学の制服に身を包み、前を向いていた。図書室で一人、本を読んでいた。振り返って、微（かす）かに笑った。

意外なほど鮮やかによみがえってくる過去に、驚く。正直、忘れていた。この五年、千香を思い出すことはほとんどなかった。

なのに、鮮やかだ。

甲斐は躊躇（ためら）いなく、スマホを取り出した。

「川相、おれ、今度、起業するんだ」

そう告げたとき、千香は一瞬、目を見張った。唇が少し動いたようだが、何も言わなかった。いや、言えなかったのかもしれない。

陽太が大企業だの企業年金だのを引き合いに出して、茶々を入れたからだ。

「事業を起こすって意味の起業。ぼくたち、共同経営者ってことでスタートするんだ」

「事業って、何の？」

千香の視線が横に流れ、陽太から甲斐へと移った。

戸惑っているかもしれないが、慌ててはいない。そんな眼差しだ。

甲斐は頷き、パソコンに目を落とす。

「これ、見てくれる」

さっきと同じように画面を千香に向ける。千香が僅かに屈んだ。身体はほとんど静止しているけれど、眸は左右に動いている。

「アーセナル……」

眸の動きを止めた後、千香が呟いた。

「そっ、新しい会社の名前。ぼくが付けたんだよう」

陽太が柄の長いスプーンを横に振った。唇の端にはまだ、生クリームがついている。

「『武器庫』っていう意味。ちょい、かっこよくない？　でね、今、目を通してもらったのは、これから、ぼくたちが創ろうって会社の概要なんだよね」

「それは、わかります」

答えた声は重いと感じられるほど落ち着いていた。

あ、これは生き辛いな。

甲斐は不意に閃いた思いを呑み下した。口中に、幻の苦味が広がる。

今、もてはやされるのは重みではなく軽やかさ、落ち着きではなくノリの良さだ。少なくとも甲斐たちの年代は重みと暗みを結び付け、厭うことが多い。

明るいこと、同調できること、自分をそれとなくアピールできること、主張はほどほどで収められること、本気の言い争いをしないこと……。周りと上手く付き合っていくためのハードルは幾つもある。それを難なく飛び越えられる者は大勢いるだろうけれど、千香には無理だなと感じた。

まっ、おれもだけど。

胸の中で独り言ちる。

甲斐の場合、どうにもならないほど周りとぎくしゃくしたわけでも、特定の誰かとぶつかったわけでもない。ただ、疲れたのだ。慢性疲労症候群は突然の発症と極度の疲労感が六か月以上続いて活動能力が著しく低下する、それが特徴らしい。両親は一時、息子がその病気に罹患したのではと本気で考えていたようだった。

それとなく、しかし、執拗に診療を促された。

違う。

甲斐はもともと誰とでもすぐに打ち解けて、仲良くなれる性質ではなかった。その代わり一人でいても平気だ。むしろ、一人でいること、一人で行動することのほうが数人でたむろするより、ずっと性に合っている。

千香も同じタイプだと思う。ただ、千香の方が、甲斐より強い。二倍も三倍も、だ。甲斐がドロップアウトした世界に留まり、十八歳まで生き延びているのだから。

甲斐は一人でいることをなかなか認めてもらえない、〝仲良く、明るく、元気な子が一番〟〝友だちがたくさんいる子が一番〟的な雰囲気にどうしても馴染めなかった。だから、幼稚園も、小学校も、中学校も嫌いだった。同じ制服を着こんだ何十人もが一か所に集められ、同じ行動を強いられる。それが耐え難かったのだ。

甲斐なりに頑張った。

ぎりぎりまで頑張って、中学一年で力尽きた。それで、学校という場に背を向けた。そうしてみると、驚くほど息の通りがよくなった。

楽に呼吸できる。思考が滑らかに回る。身体が軽くなる。

それで、甲斐は新たに動き始めることができた。動き始められるまで、些か時間はかかったけれど。

「『アーセナル』って、だからさ、武器の収納庫なわけ。武器ったって、ミサイルとかバズーカ砲とかライフル銃とか竹槍とかのことじゃないよ」

「あ、はぁ、竹槍……ですか」

「竹槍は立派な武器だからね。馬鹿にしちゃいけないよ。あれはねえ、先端の切り方によるけど、かなりの殺傷能力があるらしいからさあ」

「いえ、あの、馬鹿にはしてないです。でも、あの、稲作さん、今は戦闘用の武器の話をしてるんじゃないですよね」

「武器は、武器。どんなものでも戦闘用じゃない」

「え？」

やりとりの最中に、千香が甲斐に顔を向けた。

戸惑いが滲（にじ）んでいる。身を乗り出し、陽太がその顔を両手で挟んだ。

「はい。甲斐じゃなくて、こっちを見るぅ。話はこれからだからね」

「陽太、まだ、これからなのかよ。掻（か）い摘（つま）んで、さっさと説明しろよ」

陽太は千香から手を離すと、小さく舌を鳴らした。

ちっちっちっ。

「焦らない、焦らない。大切なことはじっくり、ゆっくり、わかってもらうの。ね、千香ちゃん。あ、千香ちゃんって呼んでもいいんだよね。嫌なら、川相さんに戻すけど」

「あ、いいえ、大丈夫です。舌が膨らむと困りますから」

「え、舌が膨らむって、なに？」

千香の黒眸（こくぼう）が揺れた。

「稲作さん、さっき、苗字で呼ぶと舌が膨らむ気がするって……言いませんでしたか」

「あれ、そんなこと言ったっけ？　あぁ言ったよね、言った、言った。ごめんねえ。ぼく、鳥頭だから言ったことも聞いたことも、ほぼ三分で忘れちゃうんだ」

「あ、そうなんですか。わかりました」

「え、ぼくが鳥頭だって、わかっちゃった？」

「わかりません。三分で忘れちゃう人は、それだけ舌が回らないとは思いますけど。それより稲作さん、さっきの戦闘用ってどういう意味なんですか。もちろん、戦争とか紛争とは関わりないですよね」

千香が問う。静かな口調だった。不意に顔を挟まれたことで動揺している風はない。陽太の妙に馴れ馴れしい物言いや摑みどころのない会話に辟易もしていないようだ。柔らかく受け止め、上手く返している。おしゃべりの輪に入れず俯いていた姿からは遠い。

もしかしたら……。

と、甲斐は思いを巡らせた。

川相は取り留めのない、どこに的を定めればいいか見当が付かない、そんな会話が苦手なのかもしれない。とすれば、的の見当さえ付けば、真っすぐに矢を射ることができる力は具えているのだ、きっと。

陽太が肩を竦め、かぶりを振る。

「殺し合いって意味なら、ないね」

「この概要によると、〝自分たちの能力、才能、個性を武器として集う。そのための場を創る〟とありますがそこに関わってくるんでしょうか」

「そうそう。ぶっちゃけ、そこ。さすが、見るところがブレてないねえ。つまりさ」

陽太が前屈みになる。

やる気が出て来たときの姿勢だ。どうやら、本気で千香を気に入ったらしい。陽太は、かなりの精度で人の質を見極められる。愛想はいいが中身は薄いとか、表現力は稚拙だが思索力はそこそこあるとか、典型的有言不実行のタイプだとか、僅かな時間、言葉を交わしただけで読み取れるのだ。

的中率は一〇〇パーセントではない。それでも、七〇パーセント近くはあると甲斐は感じていた。特殊能力だ。

「まぁ、十代で詐欺師デビューしちゃったのも、この能力のせいだからねえ。何でもありゃあいいってもんじゃないよね」

と、陽太本人は苦笑いするけれど、これから甲斐たちが起こす事業に、大いに入り用な力なのは間違いない。陽太は、千香を気に入った。人材として有能と見立てたのだ。千香の方が『アーセナル』をどう捉えるかは、これからだが。

「甲斐」

呼ばれた。陽太が渋面を作っていた。

「わりぃ。やっぱ説明代わって。コトリから鬼やばメールが届いた。すぐ、迎えに来いってよ。五分以内に行かなきゃ、あいつ、何するかわかんないでしょ。マジ厄介。じゃ、千香ちゃん、ごめんねえ」

陽太は右手をひらひら振りながら席を立ち、店の外に出て行った。そこから全速力ダッシュをする姿がガラス窓越しに、ちらっと視界を過った。

千香が首を傾げる。

「忙しい人だね、稲作さんって」

「驚いた？　ちょっと個性強めだからな」

ううんと、千香はかぶりを振りレモネードのグラスに手をやる。

「驚かないけど、ちょっと怖い感じはしたかな」

「怖い？　陽太が」

「うん。声質とかすごくよくて、聞いてると引き込まれちゃう気がして」

「それが怖い？」

「あ……うん。別に稲作さんが何かを企んでるとか、あたしを騙そうとしているとか、そんなのは思わないの。全然、思わない。でも……何だか、知らない間に巻き込まれちゃうみたいな気がして、そこがちょっと怖いのかな」

千香はぼそぼそと、言葉を選りながらしゃべった。

こういうところも変わっていない。昔のまんまだ。ただ、昔より、ずっと鋭くなった。もしかしたら、本質を見抜く眼は陽太に引けを取らないかもしれない。

「鋭いね」

千香に向かって、にやりと笑って見せる。千香が顎を引いた。

「鋭いよ、川相。そう。あいつの話をぼんやりと聞いてるのって、意外に危ない。危険なんだ。いつの間にかとんでもない方向に引っ張られることがある」

「とんでもない方向って？」

「あいつの思い通りの方向さ。陽太の傍にいたら、三十分前は、絶対にこれは赤だと主張していたやつが」

グラスの下からコースターを摘まみ上げる。ただの白い丸い紙だ。それをくるりとひっくり返してみせる。

「『なるほど確かに青だ。それ以外は考えられない』って言い出したりするんだ。長くても三十分さ。短ければ五分ぐらいのときもある。そういう場面に何度か出くわしたよ」

「詐欺師」

千香がストローでグラスの中を混ぜた。氷が微かな音をたてる。

甲斐は唇を結んで、身体に力を入れた。そうしないと、「えっ」と叫びそうだったからだ。

「……になったら成功するかもね、稲作さんって」

「あ、うん。まあ……」

「なんて言ったら、稲作さんに失礼だよね。詐欺師って犯罪者だものね。詐欺師で成功するなんて、かなりヤバい状況だった」

千香が肩を竦める。甲斐は目を伏せ、レモネードのグラスを見詰める。

「甲斐くん？　どうかした」

「あ、いや、えっとさ、これ陽太から一応の許可はとってるんだけど、あの……」

「うん？」

千香が首を傾げる。それから、背筋を伸ばし微かに頷いた。

あ、ちゃんと聞いてくれるんだ。

千香は、本気で話そうとする者を茶化したり、はぐらかしたりしない。こちらと同じくらいの本気度で向き合おうとする。昔からそうだった。それを重いと感じる者はけっこういた。「千香って、いつも真面目だからね」「うん、テキトーに流すってしてくんないからさ。話しててメンドーなとこあるよね。重ッて感じ」。女の子たちの会話を偶然耳にしたこともある。千香が悪いわけではない。女の子たちが全面的に悪いわけでもないだろう。

ただ、彼女らは真剣に話を聞いてくれる相手が、どれほど稀有で貴重か知らないだけだ。

千香は変わっていない。他人からときに鬱陶しがられる重さも含め、昔のまま、稀有で貴重なままだ。

川相なら大丈夫だ。

改めて、確信できる。

「あの、陽太、本物だったんだ」

「本物？」

「えっと、本物の詐欺師。本物ってこういうときに使っていいのかな。でもまあ、詐欺罪で捕まって実刑判決受けた。まだ、十代だったから少年刑務所送りだったらしいけど……」

千香が瞬きする。驚いているのではなく迷っている風に見えた。

「あの、もうちょっと尋ねてもいい？」

「いいよ。陽太からも、どんな質問にもちゃんと答えろって言われてる。ただ、おれ、そのあたりの事情を詳しく知っているわけじゃないんだ」

「知らなくても構わないって思ったんでしょ」

鋭い。甲斐はレモネードを飲む振りをして、息を整えた。

「あたしは知りたいんだけど、いいかな」

「うん」

千香が少し前屈みになる。

「稲作さん、どんなことをやったの。お年寄りを騙すとかしたの」

「そういうのじゃなくて、もう少し入り組んだやつで、投機とか仮想通貨とかそっち系らしい。かなりな組織で動いてたって。摘発されて、陽太も含め、相当の人数が逮捕されたけど、トップの何人かは逃げおおせたらしく、未だに捕まってないみたいだ」

「稲作さんはトップじゃなかったんだね」

「末端要員だったたって。でも、本人曰く『あのとき捕まっててよかった。でなきゃ、完全に詐欺師の才能が開花するところだった』ってさ」

「自分で言うかって、ツッコミを入れたい台詞（セリフ）だね」

千香の口調には動揺も嫌悪も滲んでいなかった。陽太を犯罪者として忌（い）まれたら、『アーセナル』に誘うのは無理だ。少し構えていた甲斐の心身から、力が抜けた。

「陽太ってある意味、異能の持ち主なんだよな。本人としては、自分の能力を試してみたかったんじゃないかな」

「その試し方を間違えたわけだね」

「うん。大間違いだった。陽太自身が誰よりわかってる。自分の馬鹿さ加減を思い出すと吐き気と目眩（めまい）と悪寒（おかん）に襲われるって言ってた。あれ、本心だと思う」

「うん」と、千香は同意を示してくれた。

「他に尋ねたいこと、ある?」

「たくさんあるわ。でも、稲作さんについては、ないかな。ただ、詐欺師の才能ってけっこうリアルに感じる。ほんと、よかったね。開花の前に芽を摘み取れて」

「うん、おれも同感。けど、陽太に他人を巻き込む力があるのは事実で、それはうちの会社にはとても有用だ」

「『アーセナル』という名の会社。甲斐くんたちが立ち上げる新しい事業だね」

「そう。ちょっと長くなるけど聞いてくれる。おれ、陽太ほど口が上手くなくて、要領よく話ができないもんで、聞き辛いかもしれないけど」

「稲作さん、そんなに要領よくなかったよ。というか、話が始まる前にいなくなっちゃった気がする。うん、あたし、まだ何にも聞いていないよ、甲斐くん」

自分の言葉を恥じるように、千香は肩を窄(すぼ)め下を向いた。

甲斐はグラスを軽く振る。溶けかかった氷たちがぶつかり、ささやかな音を立てた。

ここからは甲斐自身の話になる。嘘も飾りもつけず、能(あた)う限り真実を伝えたい。

「中一の冬、引っ越ししたのは父親の仕事の都合だった。もともと転勤の多い仕事だったから、おれが小学生の間、転勤が一度もなかった方が奇跡みたいなものだったんだ。もちろん、親としたら環境を変えたら、おれがどうにかなる、つまり、ガッコウという場所に戻れるんじゃないかと期待はしてただろうけど。結論から言うと、親の期待には応えられなかったかな。結局、それから二年近く閉じこもってたから。あ、でも、高校は行った。

通信制だけど、やりたいことが見えてきたからさ。そのための勉強を開始する気になったんだ」

「やりたいことって……」

千香が遠慮がちに口を挟む。

「『アーセナル』と関わってくるの？」

千香の眼を見ながら頷く。今度は、千香も下を向かなかった。

「うん。えっと、ほぼ二年間、家にいて、おれとしては何とか息が吐けたって感じだった。何があったってわけじゃないけど、あのままガッコウに無理して通ってたら、おれカンペキ潰れてたと思う。だから、自分の判断や選択を後悔したことないんだ。強がりじゃなくてさ」

千香が口元を綻ばせた。

「甲斐くん、強がったことなんてなかったでしょ。あたしが知っている限りではだけど」

「かなあ。強がったり見栄を張ったりするのって、一種の威嚇行為なんだってさ。動物が牙を剝いたり、毛を逆立てて、自分を大きく見せようとするのと同じらしいよ。まぁ、陽太の話だから真偽の程はわかんないけど」

口の中に微かな渇きを感じる。氷が溶け、味の薄まったレモネードを甲斐は飲み干した。

「ただ、環境が整ってないなぁって、感じたんだよね」

「環境？」

「うん。ゆっくり閉じこもるための環境。全然、整備されてないってのが当事者として、よくわかった。骨身に染みてとでも言うのかな。えっと、骨身に染みて、わかった。これ、使い方おかしくないよな？」

「おかしくないよ」

「よかった。おれ、こんな風にしゃべりが苦手だし、人と付き合うのも上手くない」

「あたしもだけど……」

そう、千香と自分は似ているのだ。だからなのか、一緒にいて少しも疲れなかった。

「川相は凌いだじゃん。強いよな。おれは、潰れる前に逃げた。そこは賢明だったと思ってる。でも、逃げ込んだ先、まぁ自分の部屋なんだけど、そこでわりに苦労した」

かなりの苦労だった。

甲斐は誰とも会わず、部屋に閉じこもっていることを望んだのに、周りがそれをなかなか許しも認めもしてくれなかったのだ。

部屋から出た後の支援なり、居場所はそれなりに提示してくれるのに、部屋の中でどう過ごしたいかを問われることは一度もなかった。

「怪我をした獣がさ、巣穴に潜り込んで傷が癒えるまでじっとしているみたいに、ひたすら動かないでいたいって者も、おれみたいに一人が性に合ってて一人の作業が快適だって者も、元のように学校に通いたいって考えている者も、それぞれだろ。けど、それぞれのやり方ってのがなくて、一律、現状を何とかしましょうみたいになっちゃってて……そこに、違和感みたいなの覚えちゃったんだ。それで、ふっと思ったのが、おれたちって、えっと〝高校生〟とか〝中学生〟とか、〝子ども〟みたいなワードで括られるけど、でも、抱えてる悩みとか問題とかって、それぞれだろ。そこんとこは大人と同じだよな」

「うん。同じだね」

千香が相槌を打ってくれる。やはり聞き上手だ。千香を相手に話をしていると心地いい。相手にちゃんと伝わっているという安心感を持てる。本人は気が付いていないようだが、これは相当な力になるはずだ。

「だから、今、おれたちが抱えているそれぞれの悩みなり、問題なりを相談できて、それぞれに合った方法で解決していく、そういう場所が創れないかって考えたんだ」

「それぞれに合った方法って、どうやって見つけるの」

「それは、これ」

パソコンの画面をスクロールする。赤い線で描かれた円が現れた。斜め上から青い矢印が、円の真ん中に伸びてくる。

アドバイスとは……」

「これが相談案件だとする。ここに対して、具体的な解決方法を周囲からアドバイスする。

今度は、小さな黄色い矢印が赤い円を囲むように現れ、その内の数本が円の内側に入ってくる。

「あくまで現実的、具体的な方法を意味する。精神論とか激励や叱咤(しった)は含まれない。説教なんて問題外。というか、そういうものは弾くシステムを作る」

「それが概要にあった〝現実と戦う具体的な武器を供与する〟ということ？」

そう、欲しいのは武器だ。「しっかりしろ」も「がんばれ」もいらない。目の前の現実と対等に切り結ぶための武器だけが必要だ。

「黄色い矢印がその〝武器〟なわけね。これは、大人からも有りなの」

「むろん。性別や年齢で限定したりはしない。大人の知見や技術や資格を借りなきゃならないことって、たくさんある。それを余計なもの、あ、つまり精神論とか説教の類な、そんな余計なものを引っ付けないで示してくれるなら、大歓迎なんだ。おれたちが欲しいのは、現状を突破するための方法なんだから。その現状というのは、例えばおれだと〝学校に通わない現実〟じゃなく、〝誰にも邪魔されず部屋にこもっていられない現実〟ってことになる」

そんなつもりはなかったのに、吐息が漏(も)れた。

母のすすり泣き、父の苦り切った顔、フリースクールや個人指導専門塾、家庭教師派遣会社のパンフレット、担任教師の「大丈夫」の一言、ノックの音、「これから、どうしたいんだ」「このままじゃ駄目よ」「一緒に何とかしよう」「焦らないで」「甘え、じゃないのか」……。

あのころ、雪崩のように覆いかぶさってきた諸々がよみがえる。暫くじっとうずくまっていたい。望んだのはそれだけなのに、それだけを叶えることが難しかった。全てが無駄だったとも障害になったとも思わない。後々、役に立った忠告も知識もあったのだ。ただ、やはり、無条件でうずくまり動かないためにどうすればよかったのか。その手立てを一番欲しいときに手に入れられていたら、後々のためではなく、今この時のための忠告や知識を自分のものにできていたらと、考えてしまった。

「考えて、ずっと考えて、ないなら創ればいいって閃いたんだ」

千香に告げる。告げられた相手は、また深く頷いた。

「不登校とかヤングケアラーとか虐待とか、いろいろ言われているけどみんな一律じゃないはず。それぞれ悩むところとか困っているところは微妙に、でも決定的に違ったりする。そこまで重くなくとも、例えば友だちとの関係とか勉強の遅れとか身体のこととか、一人で抱えてるのは辛いってこと、たくさんあるでしょ。そんなのをどこかで吐き出せたら楽になるだろ。具体的な解決方法があればさらに楽になるみたいな」

「うん、わかる」

「口に出せなくて、相談の方法もわからなくて、結局自分一人で抱え込むしかないと諦めてる。そういう誰かが『アーセナル』を知ることで、諦めなくて済むようになる。ちょっと、いいかなって思ってんだ」

「かなり、いいね」

千香がにっと笑った。それから少し背筋を伸ばした。ついつい前屈みになる癖は、まだ直っていないらしい。

「諦めなくてもいいと信じられたら、死のうとは思わないものね」

甲斐は目を見張った。目の前の少女を見詰める。千香が睫毛（まつげ）を伏せた。

知っている？　まさか、知ってるわけがない。

口の中の唾（つば）を呑み下したとき、千香の眼差しがそろりと上向いた。

「あの……また、質問、してもいい」

「もちろん。遠慮なくどうぞ」

「甲斐くん、さっき起業するって言ったよね。それ、仕事として『アーセナル』というサイトを運営するってことになるの」

「うん。そのつもり」

「相談者から、一定額の料金を取るわけ？」

「いや、それだとハードルが高くなる。金がなくても相談できる形にしたいんだ。飽（あ）くまで無料で活用できるようにしていきたい」

「でも、それじゃ収益が見込めないのと違う？」

千香が眉を寄せる。それから、すぐに肩を窄め、「ごめんなさい」と告げる。

「え？　何で謝るの」

「だって、よく知らないのに……突っ込んだこと聞いちゃったから」

「いや、聞いてくれないと逆に焦っちゃうよ。おれの言うことに興味ないのかなって」

甲斐は零れそうになったため息を、何とか呑み込む。

そんなに簡単に謝るなよ、川相。おまえ、謝るようなことやってないだろ。

もったいないと心底から思う。こんな風に萎縮してしまうと、持てる力の半分も出し切れない。それは、あまりに惜しいではないか。

「さっきの陽太の件も含めてだけど、大事なこと尋ねてもらえて、正直、ほっとしてる。おれ、話をするのあんまし上手くないから、川相を退屈させるかもって心配だったんだ。ダジャレの一つぐらい、どこかにぶっこんだ方がいいかなとかあれこれ考えてた」

「甲斐くんがダジャレ？　似合わないね」

千香は笑い、窄めていた肩を開いた。

「似合わないよなあ、自分でもスベるのわかってるぐらいだから。で、さっきの質問の答え、収益の話だけどさ。一番、肝心なとこだよな」

「うん」

「当面は国のプロジェクトに乗っかる」

画面をさらにスクロールする。

「ほら、これ。今、国が若者を対象に第二次スタートアップ企画というのを募集してるんだ。この第一次に応募して、みごと、助成金をゲットした」

「えっ、国のプロジェクトに合格したの」

千香の頬が赤みを増した。本当に驚いているみたいだ。

「提出した計画書がカンペキだったのが勝因、とは、陽太の台詞。あいつ、用途に合わせて書類を作成するの特技なんだって。どんな書類でも任せろって言ってた」

「すごい。稲作さんて、そんなにすごい人なんだ」

「すごいというか……一種の才能ではあるんだろうけど……」

その気になれば、計画書どころか、どこの国のパスポートでも運転免許証でも作れちゃうよ。書類作成のコツも偽身分証明書を作る技術も、カンペキ身につけてるんだからね。

いつだったか、陽太がそう豪語したことがある。冗談なのか本気なのか、甲斐には判断できなかった。しかし、使用できるかどうかは怪しいが、見た目だけなら本物そっくりに作れる腕がある。そこは確かだ。

「でも、助成金って一時的なものでしょ。企業としてやっていくなら、ずっと利益を出せないと駄目なんじゃないの。あたしには、よくわからないけど……」

「その通り。もちろん助成金頼りじゃない。ただスタートの時点で後押ししてくれる資金があるのは、ありがたい。実績が評価されれば、さらに二年の延長が認められたりもするな」

「全然、知らなかった……」

「だよな。そんなに大々的にキャンペーンやってるわけじゃないし、関心があって積極的に探しでもしない限り目につかないかも。けど、問題はその実績。一年後、二年後、自分たちの力で回っていないと起業した意味なくなるから」

　画面をさらに動かす。

「ここに書いてあるようにシステムとしては、まず相談がある。つまり、何か問題が提起される。ここは匿名OK。サイト登録者は基本、自由に意見を述べることができる。ただし、さっきも言ったように説教の類はNGだし、誹謗中傷、後ろ向きコメントは全て弾くような仕組みを作る。でないと、親からの虐待に悩んでいるのに『子どもが可愛くない親はいない。躾がいきすぎているだけだろう。感謝の気持ちを忘れず伝え続ければ、関係は必ず改善する』なんて頓珍漢なコメントがきたりする。そんなの、当事者からすれば、うんざりだろ。勘弁してくれって感じになる」

「……余計に傷付くかもしれないね」

　そう、傷付く。露骨な攻撃や悪口より善意の糖衣に包んだ頓珍漢の方が、ずっと痛いし、厄介で恐ろしいことがある。

「具体的、建設的、現実的な解決方法。一〇〇パーセントが理想だけれど、八〇パーセントでも七〇パーセントでも解決できる方法を提示する。専門家や機関との連携が必要なら速やかに結び付ける。ある種のマッチングアプリだ」

「専門家って、弁護士さんとかのこと？」

「弁護士、税理士、保健師、医者、教師、農林業や漁業関係者、福祉関係者、芸術家、ＹｏｕＴｕｂｅｒ、マスコミ関係者、もしかしたら銀行員とか投資家とか政治家とかも含めて、いろんな人に結び付ける必要が出てくると思う」

「どうやって結び付けるの？　どんなやり方で？」

「今、協力者のネットワークを作っている。〝若者、子どもの問題〟をキーワードにして協力してくれる専門家を募っているんだ」

「上手くいく？」

「上手くいかせるんだ。このシステムを作るためにずっと準備してきたんだから、何が何でも上手くいかせる。本気で悩んで、どこにも相談できないと思い込んで……そんな誰かが『アーセナル』に辿り着いたとき、失望や落胆をさせるわけにはいかないだろう。陽太は武器庫って言ったけど、直訳すればそうなんだろうけど、おれはむしろ病院みたいな場所にしたい。どんな患者でも見捨てず、治療し、治すことのできるところって意味で」

甲斐は口を閉じた。

話が少し抽象的になり過ぎだ。

「おれたちって、ある意味、凄い量の情報にさらされてるだろ。でも、というか、だからなのか、一番欲しい情報に辿り着くのってなかなか難しいんだよな」

的確な答え、有効な解決方法、的を射た忠告。そんなものと出逢えていたら、どれほど生き易かっただろう。悩みを吐露できること、一人でとことん悩み続けられること、どちらも同等に担保してもらえたら、どれほど楽だっただろう。

その想いが、『アーセナル』を起こす基の一つになっている。けれど、今、語るのは想いではなく、計画を具体化していく道筋の方だ。

空咳を一つする。

「必要な情報に結び付くことで、問題を解決する方法なり支援なりが見えてくる可能性はぐっと広がるだろ。で、解決できたら成功例として、できなければ問題点を洗い出して結果をデータ化する。もちろん、個人情報は完全に伏せたうえでだ。そのデータを有料で配信。まずはそこから始めるつもり。ネットワークが広がれば課題も見つかるだろうし、そこを克服していくことで可能性は生まれてくると思うんだ。甘い見通しじゃなく、やっていけると確信してる。企業として成り立つと信じてる」

「それだけ？」

千香が首を傾げた。

「データの配信だけで、収益を上げられる？」

甲斐は思わず、千香を見詰めてしまった。

正直、こんなに突っ込んだ質問をされるとは予想していなかった。一番肝心な部分を千香は、事もなげに衝いてきたのだ。〝甘い見通しじゃない〟ものを具体的に尋ねている。頼もしいな。

何だか嬉しくなる。けれど、すぐに気を引き締めた。

喜んでる場合じゃない。試されているのは、こっちなんだ。

甲斐は背筋を伸ばした。

「データって、重要なんだ。これからますます需要は増えていくはずだ。もちろん、信頼性のある本物のデータならね。けど、学生、特に小・中学生に関係するデータってほんとに少ないんだ。あっても、数値化できるものがほとんどだ。平均学力とか平均体力とか、進学率とか、一月間ゲームに費やした時間とか、未来へ希望を持っている割合とか、そういうの。そういうものが不必要だなんて言わない。大切なデータだと思う。でもおれたちが『アーセナル』でやりたいのは、もっと個々の悩みや想い、問題にコミットするデータ収集なんだ」

そこで、甲斐は息を吐いた。

緊張していると感じる。これまでも、起業するにあたって『アーセナル』の理念や現実的な収益方法、見込みについて、あちこちで説明してきた。しゃべるのは苦手だけれど、「必死に懸命に、しかし、どこまでも冷静に」と、陽太からアドバイスを受けながら、しゃべり続けた。このごろ、だいぶ慣れてきて余裕も少し出てきたと思っている。

なのに、今、緊張しているのだ。『アーセナル』を起業する意味と価値と『アーセナル』の可能性を過(あやま)たず、伝えたいと緊張している。

「さっき問題解決のための方法や支援を具体化するためのデータを『アーセナル』に集めると言ったけど、そのデータの裏には当然、個々の状況ってのがあるだろ」

「個々の状況……えっと、家族構成とか年齢とか？」

「うーん、もっと個人的なことかな。何を考えているとか、何に悩んでいるとか、その悩みをどうしたいのかとか、どういう風に生きていきたいとか……いろいろと」

千香の視線が何かを追うように、宙をさまよった。ほんの二秒か三秒。

「個人の想いとか悩みとか、そういうの個人情報になるけど、それを売買するって話じゃないよね」

視線を甲斐に戻し、問うてくる。真顔だけれど、眼差しも物言いも柔らかだった。

「もちろん。そんなヤバい話じゃないよ。川相、おれ、集合場所を作りたいんだ」

「集合場所？」

「そう。みんなが自由に集まって発言できる場所。ただ、単なるおしゃべりじゃなく、未来を語れる場所で、希望とか夢とか漠然(ばくぜん)としたものを具体的、現実的にしていく場所でもあるみたいな……えっと、つまり、新たな起業を促すきっかけを作る、そんな場所。ウェブ上のサイトを中心として、ときに、リアルな場も設定したいと考えてんだけど」

「えっ、起業を促すために、起業するの」

千香が大きく目を見開いた。

「そうなるかな。えっと、でも『アーセナル』を起業するのは、小学生も含めて、〝子ども〟とか〝若者〟とか呼ばれる……呼び方なんてどうでもいいんだけど、ともかく、おれたちの問題を本気で解決する、あるいは軽くする、その手掛かりを見つけるってのがスタートなんだ。そこは、しっかりやっていきたい」

「うん」

「でも、そこから、さらにステップアップを考えたとき、おれたちが抱えている悩みや疑問、夢なんてものに、すごい可能性を感じたんだ。そもそも、『アーセナル』も、おれ個人の悩みや夢からスタートしたわけだし」

「うん、少しだけわかった気がする」

千香が控え目に笑(え)んだ。

「起業の芽を育てる。そういう場所ってことだよね」

「うん。具体的な着想がある者も、まだ漠然としか考えていない者も、ともかく思っていることをさらけ出して、相談できる場にする。そこで、さっきの問題解決の場と同じく、現実的なサポートを受けられるようにしたい」

「現実的なサポートって……えっと、例えば資金とかそういうこと？」

「うーん、資金、人材の確保、国や自治体の支援制度、ベンチャーキャピタル等々の情報も、もちろん大切だけれど、起業する内容によって必要なものって変わってくるよな。おれ的には、一番必要なのは人材と人脈だと思ってるけど、それだって、起業の中身とか起業家の資質によって変わるとこってあるだろう。人材と情報を起業家と結び付けて、スタートアップの手助けをする。そんな場があれば、もっともっと優秀な起業家が生まれてくると思うんだよな。えっとな、あのさ、おれたちって、百年生きて、戦争も震災も会社勤めも転職も、ともかく、あらゆる経験をしたって人に比べると、圧倒的に人生の経験値が低いだろ」

「え？　あ、うん」

千香の黒目が揺れた。

あ、やばい。話があちこちし過ぎだ。落ち着け、落ち着け。これは手強い投資家を相手にプレゼンしているのと同じだぞ。

甲斐は口の中の唾を呑み込んだ。

「経験値が高いのがいいとは言い切れないけど、いろんなコミュニティの人と結び付いてる可能性って、おれたち十代よりかなり上だよな」

右手をひょいと持ち上げてみる。千香の目が、その動きを追った。

「おれたちの弱点て、ソーシャルキャピタル、えっと、つまり……社会的な関係資本ていうのか……」

「人と人との繫（つな）がりって意味？」

「あ、そうそう、それ。おれたちって繫がりがすごく、狭いんだ。家族と学校とか塾ぐらいしかコミュニティを持たないなんて、ざらだろ」

「うん。あたしも、そんなものだし」

「でもな、起業って人のネットワークがすごく大切になる。さっき言った人材にしても情報にしても人脈にしても、ネットワークができていれば集まりやすいんだ。つまり、ビジネスの基礎を固めてくれる。でも、十代、二十代でそれを手にするのも、一から作っていくのも無理ゲーに近いとこあるだろ。だから、そこをいずれは『アーセナル』が補えるようにしたい。そういう役割も担（にな）いたいんだよな」

「でも、あの、それって、甲斐くんは利益になるの」

千香が身を縮める。露骨なことを尋ねたと思ったのだろう。でも、どう利益を上げるかは起業の一番の肝だ。

「もちろん。その場所から新しい事業が立ち上がったとき、その事業が軌道に乗ったとき、規模と成果に合わせてサポートに見合っただけの報酬はもらうし、これはと感じた事業には投資も行う。なっ、川相、必要だと思わない？　若くても、資本が少なくても、自分の閃きや夢や想いを現実化できる可能性って、ぜったいに要ると思うんだ。おれ、その可能性に助けられた。可能性がある限り、生きていけるぞーって思ったんだ。だから『アーセナル』を育てたい。本気で育てたいんだ」

微かに頷いたきりで、千香は無言だった。甲斐の話を千香なりに咀嚼しているようだ。

「何か注文しようか」

甲斐がタブレットに手を伸ばしたとき、千香が身動ぎした。

「甲斐くん、どうして、あたしに声を掛けてくれたの。概要には、自分たちの能力、才能、個性を武器としてとあるけど、あたしの何が武器になるって思ったの。あたし、考えてみたけど……思いつかなくて」

「ほんとに？　川相、自分の能力に気付いてないんだ」

「能力……」

「そう、武器となる能力」

千香が再び黙り込む。

千香は自信家ではない。むしろ、その逆だ。自分を必要以上に過小評価してしまう。身体付きにしても、持っている力にしても、性格上の美点にしても、実際よりかなり小さくしか見積もれないのだ。過大でも、過小でもなく、自分という存在を評価できる者は稀だ。少なくとも、甲斐は自分を含めて一人も知らない。等身大の自身を知るなんて不可能なのかもしれないし、必要ないのかもしれないと、このごろ考えたりする。

ただ、誤差は少ない方がいいだろうとも、考えた。プラス、マイナスどちらに振れようと、振り幅は少なくしたい。

「本を読むのは好き。あれこれ取り留めなく考えて、その考えを整理して文章にするのも好きだし、得意だと思う」

意外なほど、はっきりと千香が言った。

「でも、それが甲斐くんたちの『アーセナル』にどう繋がるかが、わからない」

戸惑いを表すかのように、千香はかぶりを振った。

「川相みたいな人材を探してたんだ」

「え？」

「いろいろしゃべったけど、まずは誰でもストレスを感じないで相談事を持ち込める。そこが第一歩になるわけだ。相談者と回答者、相談内容と回答を結び付けるのはＡＩを活用する。けど、それだけじゃ零れ落ちるものが、かなりあるんだ。例えば小学生、しかも低学年、七歳とか八歳とかの子から相談があるとする。そういう例も想定しときたい」

「うん」

子どもだから、まだ小さいから悩みや困難と無縁でいられる。現実は、そんなに甘くない。むしろ、小さいだけ弱いだけ餌食になりやすいのだ。ただ、ネットへの繋がり方は並の大人より手馴れている子も多い。

「その子たちが、相談してきたとしても圧倒的に語彙が足らないことあるだろ。〝虐待〟とか〝ネグレクト〟なんて言葉、知らない子、いっぱいいるはずだ。自分の状況をきちんと説明できる子の方が少ないと思う。でも、それだと、弾かれちゃう可能性が出てくるんだ。可能性というか危険性、かな」

「それをあたしがチェックする？」

「そう。言葉の足らない部分を補って、できる限り相談者の真意が伝わるようにして欲しいんだ。想像力が必要だけど、創作は絶対にＮＧ。飽くまで、事実を探って言語化する」

千香が短い息を吐いた。

「……難しいね」

「すごく難しいと思う。少なくともＡＩにはできない。おれにも陽太にもコトリにもできない仕事だ。だから、川相に目を付けて……うん？　目を付けるっての、ちょっと違う？」

「違ってないよ。注目したって意味でなら、違ってない」

「よかった。おれの語彙力も小学生並みだからなあ」

「そんなことないよ。甲斐くんの説明、わかり易かったもの。甲斐くんたちがやろうとしていること、多分、半分、いえ、半分より少し上ぐらいは、あたしにも理解できた」

それで返事はと、促しそうになった自分を抑える。千香は、何でも時間をかける。ゆっくりと噛み砕き、思考の基とし、理解していく。

昔からそうだった。今も変わっていないだろう。

「……もう一人、仲間がいるの？　コトリって名前の人？」

「うん、いる。経理担当。円でもドルでもユーロでも元でも、金の流れにはめっちゃ強い。個人投資家でもあるけど、どのくらい儲けているのかは謎。個性的って意味なら、陽太といい勝負ができるキャラだな」

「稲作さんと？　『アーセナル』ってずい分と個性的な人があつまってるんだね」

「かも。おれが目立たない分、派手な性格のやつが集まったかも。あ、本人がご登場だ」

千香が振り返る。ひらひらと手を振りながら、陽太が近づいてきた。

「おまたせ。待ち合わせの場所で逢えなくてさ。コトリ、相変わらずで、駅の改札口って約束したのに、どーしてだか消防署の前でうろうろしてたぁ。ほんと、ここまで筋金入りの方向音痴もそうそういないね。いてっ」

陽太は頭を抱え、身を屈める。

「何すんだよ。いきなり、後ろからぶっ叩くのありか？　うわっ、しかも、なに、それ。

ハイヒール？　わざわざ脱いで殴ったの？　そんなもので他人の頭を一撃していいと思ってる？　信じらんね。ほんとキョーボーで」

「うるせえんだよ」

すごみのある低音が陽太のしゃべりを遮る。

千香が口を僅かに開けて、低音の主を見上げた。

「あ、紹介する。さっき話していたコトリこと古藤里佳子さん。コトウリカコだからコトリ。陽太のネーミングだ。コトリ、川相千香さん。あの論文を書いたおれの幼馴染」

「川相千香です。初めまして」

千香は立ち上がり、身体を折るようにして一礼した。

「脚、長えな」

ハイヒールを履きながら、コトリが呟いた。

「何喰ったら、そんなに長くなるんだよ」

「コトリが短すぎんじゃね」

「はん？」

コトリは眉間に皺をよせ、陽太を睨みつけた。

長い茶髪は丁寧にカールされて背中に垂れている。白いもこもこしたカーディガンの袖口には同系色のリボンが付き、ふわりと広がったピンクのスカートも白いリボンの模様だった。陽太を殴ったハイヒールもショッキングピンクだ。

化粧はほとんどしていない。日焼け止めのために薄くファンデーションを塗っているのと唇に艶出しのリップを付けているだけだ。

化粧に頼る必要などないと、常日頃からコトリは断言していた。肌理の細かい白くて滑らかな肌も、顎の尖った小さな顔も、二重の形のいい目も、確かに今風の美女だ。陽太とは違った意味で他人の目を引く。実際に、コトリと街を歩いているとしょっちゅう無遠慮な、あるいは、そっと窺ってくる視線を感じた。

コトリは可愛く、柔らかく、ふわふわしたものが好きで、そこは揺るがない。デニムやスラックスの姿を見たことがないし、髪を短くしたところも知らない。いつでも、フリルやリボンで装飾されたパステルカラーの服を好む。誰のためでもない。自分のために、自分の好きなように装っているのだと、知り合って三日もしないうちに甲斐は理解できた。

「座んなよ」

コトリが顎をしゃくる。

「立ってられると、ずっと見下ろされてて気分悪いじゃない。確かに、あたしは一五三センチとちょっとしかないけど、それが悪い？　え？　喧嘩、売る気？」

「え、喧嘩？　まさか、そんなこと」

千香が慌てて腰を下ろす。その隣に座ると、コトリは「陽太、あんた、何を注文したんだよ」と、ドスの利いた声で問う。

「これ？　特製パフェだけど。コトリも同じのにする？　美味いよぉ。ザ・パフェって感じ。ぼく、もう一つ、食べちゃおうかな」

「幾らしたの」

「え、値段？　ごめーん、見てなかった。二千円もしないと思うけど」

「それ個人持ちだからな。『アーセナル』の経費で落としたりできねえから」

「えー？　でも、それっておかしくない？　むっちゃ、おかしいでしょう」

「何が？」

コトリが唇をへの字に曲げる。普通はこれで不機嫌そのものの表情が出来上がるのだろうが、顔立ちのせいか、艶やかなリップのせいか、わざとすねている風にしか見えない。

「何がって、よくよく考えてみてよ。ここで、千香ちゃんと話をしてるのは『アーセナル』の説明のためじゃない？　でしょ？　他に理由はないよね。そしたら、立派な経費でしょうが」

「特製パフェを食べなきゃできない話ってなら、経費で落としてやる。でも、コーヒーでも紅茶でも、何なら水を飲みながらでもできる話だろ。二千円のパフェは無理、絶対に無理。経費では落ちないから」

「そんなぁ、セコ過ぎないかぁ」

陽太が長いため息を吐(つ)いた。コトリが鼻の先で嗤(わら)う。

「わかったよ。コーヒーぐらいなら何とかしてやる。甲斐、コーヒー四人分注文して。あ、川相さん、何か他のものを注文する？」

「いえ、大丈夫です」

「川相さんの分ぐらいは出します。パフェでも、ケーキでも」

「ひでえなぁ。待遇に差があり過ぎ。前々から思ってたけど、コトリは釣った魚に餌をやらないタイプだよねえ」

「おまえを釣った覚えなんか、これっぽっちもねえよ。だいたい『アーセナル』に加わったのは、そっちの方が先じゃねえか。それに、おまえなんか釣り上げたって、嬉しくもおかしくもないだろうが。マグロを釣るつもりが深海魚を釣り上げたみてえなもんだものな。こっちから願い下げだね」

陽太が言い返すより先に、千香が噴き出した。堪(こら)えようとして堪えきれない笑いに、身体が小刻みに震える。コトリが瞬きした。

「え、なに、笑い上戸(じょうご)？」

「……違います。でも……おかしくて……」

千香は笑い続ける。その声は思いの外(ほか)、軽やかだ。甲斐も笑(え)んでみる。

「この二人は、いつもこんな感じだから。息が合ってるんだ」

「甲斐、じょーだん。コトリと息が合うなんて恐ろしいこと、言うなよ」

「ほんと、迷惑でしかない」

コーヒーが四つ、運ばれてくる。レモネードのグラスとパフェの器は片付けられた。陽太が恨めし気な視線で、空になった器を見送る。

「で、川相さん、甲斐から大体の話は聞いてくれた?」

コトリがすっと背筋を伸ばした。口調も明らかに変化する。

「はい」

「何か質問はありますか」

「いえ、質問ができるほど深くは理解できていない気がします」

コーヒーをすすり、コトリがちらりと千香を見やる。それから、ピンク色の、取手の付け根に白い薔薇(ばら)が絡みついている手提げを開いた。

「ほんと、そんな奇抜なアタッシュケース、どこで見つけてくんだよ。売ってること自体が奇跡って代物だねえ」

陽太の呟きを無視して、コトリはファイルを取り出すと千香の前に置いた。

「これ、これから三年間の『アーセナル』の経営状態がA、B、Cの三案でシミュレーションしてあります。一度、目を通してもらえますか」

「A案・楽観的過ぎ、C案・悲観的過ぎってことで、B案が一番、まともだよ」

「陽太、おまえ、ほんとうっせえな。あたしの仕事に口出すんじゃねえよ」

「えー口出しなんかしてないよ。意見を述べただけじゃん。コトリは偉い。コトリはできる。あ、千香ちゃん、こう見えてもコトリは社会経験豊富な頼りになるお姉さまなんだ」

千香が目を見張った。目尻が切れるんじゃないかと思うほど、大きく開いている。

「お姉さまって、あたし、同い年くらいかと思ってました」

「同い年じゃないけど、そんなに違わないかも」

コトリが口の端を僅(わず)かに持ち上げた。

「えー、違いあるっしょ。コトリ、十歳ぐらいは年上でしょ」

「陽太、てめえ、他人のプライバシーをべらべらしゃべりやがって。粘着テープでぐるぐる巻きにしちまうぞ」

「いいじゃん。どうせ、同じ職場で働くわけだし。いずれ、わかることだもんね。別に隠しとかなくちゃならないってもんじゃないし」

「働くかどうか、わかんねえだろうが。マジで腹立つ。重石(おもし)を付けて太平洋に沈めてぇ」

「働きます」

コトリの視線が、陽太から千香に移る。甲斐は腰を浮かした。

「川相、ほんとに？」

「うん。よくわからないところ、まだあるけど、甲斐くんの話を聞いていて、すごくわくわくした。あたしが小学生の時に、中学生の時に『アーセナル』があったとしたらどうだったろうって考えて」

千香が口の中の唾を呑み込んだ。

「考えて、もしあったらすてきだと思ったの。本気で思った。甲斐くん、だから、あたし、やりたい。せっかく、甲斐くんが誘ってくれたこの機会を無駄にしたくない」

陽太が口笛を吹く。

「前向きぃ。イメージとちょっと違ったなあ。もうちょい、後ろ向き傾向な人かと思っちゃってた。そうそう、その通りでぇす。何でもやった者勝ち。チャンスの神さまに前髪は生えてないって、さ」

「あ……後ろ髪だと思います。通り過ぎてしまうと、二度と摑めないっていう意味で」

「そうだっけ？　言われてみたら、そーだよね。まっ、どっちでもいいじゃん。要するに、神さまは丸はげじゃないってこってしょ」

「甲斐」

コトリが顎をしゃくる。無視された陽太は肩を竦め、コーヒーにスプーン大盛りの砂糖を何杯も入れ始めた。

「CEOとして、労働条件等、説明したら」

「うん。川相、『アーセナル』のスタッフは今のところ、この四人だ。正規とか非正規とか、そんな区別はない。ただ、給与はそんなに払えない。このシミュレーションBのようにいけば、来年はそこそこの収益が上がるようになる。Cだと二年間は厳しいかな。けど、働き方は自由だ。川相、来年は大学に通うんだよな」

「ええ」

「一人住まいする?」

「電車で二時間だから通えないことはないけど、できれば一人暮らしがしたいの。だけど、親に負担をかけたくない。そのためにも、働かせてもらえるなら嬉しいけど……通うのは無理かな。長期休みのときは問題ないけど」

「リモートで十分。こちらからデータを送るから、とりあえずやってみよう」

「ずっと、そういうわけにはいかないわよ」

コトリがかぶりを振る。

「月に一度ぐらいは、リアルで集まらないと。少なくとも来年いっぱいは、オールリモートは遠慮して欲しいですね」

妙に事務的な口調だ。千香が短い息を吐いた。コトリの変幻自在、とまではいかなくても多様な物言いに感心しているのだ。その場の雰囲気や目的に合わせるよう、自身を微調整できる。そんな器用さに、千香は昔から憧れていた。

「あたしも、リアルで参加したいです」

「それなら結構。起業したばかりのときは、何かとぎくしゃくするので月一ぐらいで、逢いましょう。休日を利用すれば、そんなに難しい問題じゃないと思うわ。電車で二時間の距離なら、十分に日帰りできるでしょ」

「あの、『アーセナル』ってどこにあるのですか」

「ぼくの祖母ちゃん家（ち）」

陽太が口を挟む。人差指を立てて、二度三度回した。

「ここから、電車で上り方面へ二駅だよ。祖母ちゃんは、もう仏さまになってる」

「二駅って、じゃあN川駅？」

「N川駅から徒歩十五分。近くにスーパーも病院もある優良物件。おまけに日当たり、風通し共に抜群、庭は広くて駐車場には困らない。掘り出し物さ。あ、千香ちゃん、一度、お出でよ。職場はちゃんと見とかなきゃね」

「来週、行きます。見学させてください」

「わぉっ、ますます前向き。いいじゃん、いいじゃん」

陽太が拍手する。コトリは鼻から息を吐き出した。

「川相さん、そのシミュレーションした各案の欄に、給与についての記載もあるから、ちゃんと目を通しておいてください。実績がどうなるかで給与も変わってくるけれど、そこのところも確認と承諾、お願いしますね」

「はい」

「わたしからは以上です。甲斐、付け加えることは？」

「ほとんどない。仕事に見合った賃金は払うって約束するぐらいかな」

「当然。そこはＣＥＯの責任です。じゃ、わたしはこれで」

コーヒーを飲み干し、コトリが勢いよく立ち上がる。スカートがひらりと揺れた。

「ええ、もう帰っちゃうの。さっき来たばっかじゃん。まだ早いよ。せっかく、千香ちゃんとの初顔合わせなんだから、もうちょいゆっくりしていいんじゃない」

「はぁ、ゆっくりだって？」

コトリは立ち上がった倍の勢いで座った。テーブルが音を立てて揺れた。

「ゆっくりできるような暇がどこにあんだよ。これから、もう一度、年間予算の見直しをしなきゃなんねえんだ。経費をどこでどう抑えるか頭を抱えてんだよ。『アーセナル』の改築費も予算オーバーしそうだし、くそっ、何でここで原材料費が高騰（こうとう）しやがるかな。ともかく一から見直して、新しい予算案を作り上げなきゃならない。そこんとこの苦労が」

「あ、はい、ストップ。わかりました。そうだよね。そうです、そうです。財政は企業の基礎です。コトリの努力とがんばりには感謝しかない。能力には尊敬しかない。ほんと、日本国民としては、このまま財務大臣のポストに就（つ）いてもらいたいぐらいだよ」

陽太が愛想笑いを浮かべた。

「陽太」

「はい」

「おまえ、もう少し動け。出資金を募れ。他には協賛金でも支援金でも寄付金でもいいから、ともかく集めろ」

「ええっ、おれ、仕事やってるじゃん。広報活動も資金集めも一手に引き受けて、がんばってるでしょう。我ながら働き者だとほれぼれしてるんだけど」

「自己満、サイテー。ほら自画自賛する暇があるなら、これからゴールドマン・サックスに乗り込むぜってぐれえの根性、見せてみな」

「そんな無茶苦茶な。世界的な投資銀行に根性論が通用するわけないでしょ」

「おまえなら根性抜きでも、やれるだろうが」

「そりゃあ……あれ、コトリ？」

「なんだよ」

「それ、ぼくのこと認めてるって発言だよね。期待値、高いね」

「期待には、しっかり応えてもらいたいもんだ。じゃなきゃ、自信過剰なだけの、ただの能天気野郎だぜ。へっ、ゴールドマン・サックスは無理でも、ちゃんと見る眼のある出資者を見つけてこいよ。絶対に損はさせねえんだから」

　再び勢いよく立ち上がると、コトリは「ここの支払いはしとく。パフェ代は後で徴収するからな」とだけ言い残して、去って行った。千香が「あ、ごちそうさまでした」と声を掛けたけれど、振り返りもせず手を振っただけだった。

「能天気野郎だって。ほんと、口が悪過ぎ。でもまあ、確かにがんばりどころではあるね」

陽太もコーヒーを飲み終わり、腰を上げた。

「じゃ、おれ営業に回りまーす。コトリに煽(あお)られたわけじゃないけど、幾つか心当たりがあるからさ。あっそうだ。甲斐、取材の申し込みが、わりと入ってるよ。全部、受けてな。日程は明日までに知らせるから」

「わかった」

「それと、この前、話をしたベンチャーキャピタルが来週中に一度、会いたいって。これ、けっこうでかいチャンスかも。プレゼン、踏ん張りどころでっせ」

「了解」

「んじゃ、千香ちゃん。またね。サイコーの仲間ができてマジで嬉しい。これ、リップサービスじゃないからね。はい、握手」

「え、あ、はい。よろしくお願いします」

千香の差し出した手を、陽太はそっと包み込むように握った。

「仲間とか言われたの、久しぶり」

駅に向かう道すがら、千香がぼそっと呟いた。

「この前、いつ、誰に言われたのか覚えてないぐらい」

「そうか。でも、〝仲間〟としか言いようがないものな。先輩、後輩でもないし、友だちってのも違うし。あーでも、ちょいと癖があるけど陽太もコトリもおもしろいよ。川相なら、あの二人のおもしろさ、わかると思う」

向かい風が吹いてきた。空が曇り始めたせいか、朝方より冷えている気がする。

「甲斐くんは、どこで稲作さんたちに出逢ったの」

「ネットで。おれのブログを陽太がたまたま読んで、連絡くれたのが始まり」

「甲斐くん、ブログやってたんだ」

「うん、学校に行かなくなって、ネットにはまってた時期があったんだ。一日の大半パソコンの前に座ってた。動かないから腹も減らなくて、食欲とか全然なくて、栄養ゼリーが飯替わりって日々だったな。おまけに昼夜逆転のときもあったし。太陽に当たらずに一週間が過ぎたって気が付いたときは、さすがにヤバいと思った。けど、何か心地いい部分もあって、そんな心境とかも含めて、だらだら書いてたんだけど、その中に『アーセナル』の原型というか、こういうことやりたいみたいなのも書くようになって……。書いていくうちにだんだん具体的にもなってきて、そしたら、それに陽太が反応してくれたんだ」

引きこもっていた日々の中で漠として感じていたものが、次第に姿を現してくる。そんな手応えを感じ取れた。今も感じている。

「コトリさんとも、ＳＮＳで？」

「うん。でも陽太とは逆。コトリのブログを読んで、おれから連絡を取った。経理システムとか節税についての意見が秀逸だなと感じたから。『アーセナル』の骨格はできあがっていたから、具体的な事業内容や展望も伝えられた。後は人材が必要だったんだ。起業が成功する確率って〝人〟に左右されるからな」

千香の頬が仄かに赤らむ。

そうなんだ。結局行きつく先は、〝人〟なんだよ、川相。だから、再会できてよかった。おれにとっては、最高の幸運だったんだ。

現実の呟きにするのは躊躇われたから、胸の内に収めた。

「えっと、でも話が進み過ぎだな。ともかく、中学のときからずっと、周りはずい分と気を揉んでたみたいだし、親は今もはらはらしている。来年、高校卒業の年齢だから、誰はどこの大学を受験するとか、どこに就職が決まったとかそんな話題になることが多いだろう。適当に受け流すのが『すごく疲れる』って母親はしょっちゅう愚痴ってる。それが理由じゃないけど、来年早々には完全に家を出るつもりなんだ。今でも、ほぼ陽太の祖母ちゃん家で暮らしてるみたいなものなんだけど。あの家って、空き部屋がやたらあるから、オフィスとしてだけじゃなく個人的に部屋を借りることにした。名実ともに、独立する。あそこ格安で、すごいんだ、風呂場がタイル張りで、でかい梁（はり）が通っていて、納戸（なんど）があるんだから」

「納戸って聞いたことはあるけど見たことないな。今度、行ったときに見せてもらえる」

「それが、今、改築中なんだ。けど、土間とかもあるから結構、面白い。裏手には雑木林があって、横手は田んぼと畑になっていて、今は近所の農家さんが面倒みてくれてる。だから、きれいな田畑だよ。陽太は万が一、起業に失敗したら、ここで野菜と米を作って暮らすってさ」

「失敗……」

　一瞬だが、千香の足が止まった。

「『アーセナル』が失敗する可能性、あるの？」

「あるさ。失敗した起業例なんて幾らでもある。てか、そっちの方が断然、多いだろうな。成功ラインをどこにもってくるかというのもあるけど。起業しても数年後も残って、さらに結果を出しているとなると……確かなことはわからないけど、おそらく数パーセントだろう。つまり大半は消えてしまうってわけだ。その中の一つにならないって保証はどこにもないし、未来を予測するのって、ほんと難しい。リスクは覚悟してないと、な」

「そう。そうだよね。厳しいものね」

千香の声が心持ち低くなる。

「あ、でも、心配しなくていいから。おれたちだって、これならやれるって自信があったから走り出したんだ。むやみやたらにスタートしたわけじゃない」

「うん。わかってる。みんなの話を聞いてるだけで、わくわくしてきたもの。稲作さんに〝仲間〟って言われたときは、わくわく感が最高になっちゃった。だから、失敗って聞いて、ちょっと竦んじゃったの。このわくわくを失くしたくないって思ったの」

「失くすどころか、さらに強くなるかもな」

「そんな予感がする。あの、あのね、甲斐くん」

「うん」

「『アーセナル』が数パーセントに入れるように、あたしも頑張りたい。だから、あの、ありがとう。あたしにチャンスをくれて、ほんと、ありがとう」

甲斐は一瞬、どう返事したらいいか戸惑った。昔から、他人との接し方に迷うことは多かった。「おまえ、コミュ障入ってんじゃね」などとからかわれれば、余計に口も心も重くなる。千香も似たところがある。自分を主張するのも、他人に気持ちを伝えるのも、とても下手なのだ。と、思っていた。

でも、今、こんなに衒(てら)いなく、真っすぐに謝意を伝えてくれている。

「えっと、いや、こちらこそ感謝。えっと、ごめん、上手く言えないけど、川相が仲間に加わってくれるのマジで心強い。いや、ほんとにそう思ってて……」

たどたどしい物言いに、自分で笑ってしまう。

「駄目だな、おれ。やっぱり、しゃべりは半人前だ」

「でも、甲斐くん嘘を言わないから。安心できる。あ、けど、来週、プレゼンがあるって言ってたよね」

「あ、そう。『アーセナル』の活動に興味を示してくれたベンチャーキャピタルがあって、詳しく企画内容を知りたいって。陽太が言うように踏ん張りどころだ」

「ベンチャーキャピタルって、新しいビジネスに出資してくれる会社のことだよね」

「そうそう、さすがに、よく知ってるな。まさか、愛読書にビジネス本が入ってる？」

つまらない冗談を口にしたけれど、千香はにこりともしなかった。

「つまり、投資のプロたちの前でプレゼンするってこと？」

「そうだけど……ああ、上手くやれるかどうか心配してくれてるのか。おれ、どう転んでもプレゼン向きじゃないもんな。けど、大丈夫。ビジネス絡みだと意外にやれる」

甲斐自身も意外だった。

一対一であろうと、多人数と向き合っていようと、しゃべるという行為は自分には向いていない。そんな苦手意識がずっと付きまとっていた。しかし、起業するとなると、そんな悠長なことは言っていられない。苦手も得意もない。自分が立ち上げようとする事業の魅力や将来性を語れないのなら、振り向いてくれる者などいなくなる。

この一年、ときに一人で、ときに陽太と一緒にさまざまな場所に出かけ、説明し、主張し、質問に答え、意見を述べてきた。

意外なほど、滑らかに舌が動いてくれた。

むろん、弁舌巧みにとはいかない。言葉が閊えることも、言い間違いをすることも、もたつくことも少なからずあった。しかし、不思議なほど焦らなかった。慌ても、混乱もしなかった。冷静でいられたのだ。だから、上手くはないけれど、意を伝えるのに十分なプレゼンテーションができたと思っている。結果として、出資や協力を得ることができたのだから独り善がりの満足ではないだろう。むろん、相手にもされず、体よく追い払われたことも、門前払いを食わされたことも多々、あったが。

『アーセナル』について語るとき、甲斐は自分の内に根の存在を感じていた。幼いころ植物園で目にしたガジュマルのように、上から降りてきて地に張る気根だ。その根に支えられて、伝えるべきことを伝えられる。

大丈夫だ。おれは、大丈夫だ。

そう言い切れる。自分を信じられる。それが、心地よかった。

「そっか、甲斐くん、起業家だものね。昔のままじゃないね」

「昔のままの者なんていないよ。川相だって、ずい分と変わった」

「さっきは、あまり変わってないって言ったよ」

「あ、そうだよな。ぱっと見ただけだと、中学のときの面影がしっかり残ってた。でも、話をしてみたら、もう中学生の川相じゃないんだってわかったよ。すごく、わかった」

どんな風にわかったと、千香は尋ねなかった。代わりのように、笑みを浮かべ、軽く頭を下げた。

駅近くの三叉路(さんさろ)に来ていた。

「ここで、いいよ。甲斐くん、電車でしょ」

「うん。これからについては、今夜にもメールする。よろしくな」

「こちらこそ、よろしくお願いします」

もう一度、さっきより深く低頭すると、千香は人混みに紛れていった。

甲斐は立ったまま、ポニーテールの後ろ姿を見送った。

二章　アーセナルからの伝言

1

気象庁が梅雨明けを宣言した。

例年とほぼ同じ、七月中旬だった。

それまでは細い雨が小止みなく降るという、いかにも梅雨らしい天候が続いていたのに、その雨が上がり、雲が去り、空が覗(のぞ)くと一気に夏が現れた。

空は凶暴なほどぎらつき、光は肌に突き刺さる。雨雲に覆われた日々を取り返そうとするかのように連日晴れ渡り、光と熱が容赦なく地を炙(あぶ)り、踏みしだく。

今日も暑い。まだ朝の八時台だというのに、暑い。少し俯(うつむ)くだけで、太陽にさらされた首筋が焼かれる。リアルに〝じりじり〟という音が聞こえる気がした。

でも……。

涼しい。

川相千香は緩やかな坂の途中で、鍔の赤いキャップを脱ぎ、大きく息を吐き出した。坂は竹林と雑木林に挟まれた細道だ。車一台が辛うじて通れるほどの幅しかない。舗装もされていなくて、千香の足首を越える丈の草があちこちで風に揺れている。これから、夏が剛力になるにつれて、この線形の葉を持つ雑草もさらに伸びていくのだろう。もしかしたら、道のほとんどを覆って、歩くのさえ困難にさせてしまうかもしれない。

竹が揺れた。雑木も揺れる。風が吹き通っていく。

涼しい。竹林を通り雑木林に抜ける風は涼風と呼んで差し支えないほど、涼やかだった。この道のこの場所まで来ると、ほっとする。天然の涼気は本当に気持ちがいい。柔らかく、そっと身体を包んでくれる。ここを上り切り、同じように緩やかな勾配の下り坂を五分も行けば、『アーセナル』に辿り着く。その間、竹林も雑木林も途切れることはないから、心地よいまま歩くことができた。

昨日、千香は坂道で出逢う風の心地よさを口にした。

「竹や木の香りも爽やかだし、最高の小路だと思いますよ」

甲斐も陽太もコトリも、夏場は概ね車移動だ。坂道を使うことは、ほとんどない。たいていは、少し大回りになっても幅広の公道を行き来するのだ。

「けどねえ、逆に冬は大変だーよ。ほら、二月半ばに大雪が降ったじゃん。あの道、三月の初めごろまで、ずーーーーーーーーーーっと雪残ってたんだよぉ。知ってた？　あ、知ってたのか。でも、それって、どうよ？　寒すぎるんじゃね」

陽太はそう言ってから、不意にくすくすと笑いだした。

「しかもさ、その雪の上にたくさん足跡が付いてたりするんだよね。丸っぽいのとか、細長いのとか、わりにでかいのとか、ちっこいのとか。四、五種類はあったかなあ。あの林、いったい何がいるんだよって感じだよねえ。あ、ううん。今年じゃなくて昔の話。ぼくが、まだちっこくて、長靴はいて雪の上を歩くのが好きだったころ。今？　今はパス。冬でも夏でもパス。夏は特にパス。蛇が出たら嫌だもんねえ」

蛇？　確かにちょっと怖いかも。

昨日のやりとりを思い出し、千香は足元に視線を落とした。何もいない。歩き出すと、草の中から小さな緑色のバッタが飛び出し、キチキチと鳴きながら雑木林に消えていった。風が吹いて、前髪が揺れる。涼やかな空気を胸に吸い込み、坂を下りる。下り切って、片側一車線の公道を渡れば、目の前に木造の二階家が建っていた。

黒瓦（くろがわら）の屋根、白い壁、窓枠も黒だ。今風の住宅とは異質の重々しい雰囲気を纏（まと）っている。庭も広く、一隅（いちぐう）は駐車用に整地されていた。今は、黒の軽自動車とグレーの普通車が行儀よく並んでいる。

「おはようございます」

玄関を開けると、広い土間があり、そこを進むと格子戸(こうしど)につきあたる。格子を組み込んだ戸を横に滑らせながら、千香はここでもう一度、挨拶(あいさつ)を口にした。

「おはようございます」

戸の向こうには、外見とはうらはらの今風の光景が広がる。

スチールの机が四台、それぞれパソコンが置かれ、ＬＥＤのダウンライトが各机の上を照らしていた。まだ冷房は入れていない。日によっては、昼近くまで入れる必要がないこともあった。家の裏側にも雑木林が広がり朝方は涼やかな風が通るのだ。そのかわりのように虫が多く、陽太曰く「網戸は必須。夏は一ミリも開けちゃ駄目だからね。開けたとたん、蚊だの蛾だのカナブンだのその他諸々(もろもろ)の虫に襲われるようっ」だそうだ。襲われたことはないが、網戸にカブト虫やクワガタが止まっていて驚いたことは何度かある。

「おはよう」

パソコンを操作していた甲斐(かい)がひょいと顔を上げる。他に誰もいなかった。

「甲斐くん、もう仕事してるの」

「そっちこそ。いつも、早いね。もっと、ゆっくりでもいいのに」

「うん。でも、朝は気持ちがいいから」

千香は荷物を置くと、応接用にパーテーションで区切られた一隅を通り、隣室に入った。

そこは六畳ぐらいの広さで、コンロや給湯器、冷蔵庫、レンジ、食器棚などが設えられている。一角は畳敷きになっていて二、三人なら寝転ぶのも可能だ。折り畳み式のテーブルも壁にもたせかけてあった。『アーセナル』のスタッフは各自、ここで食事をしたり、休息したり、ときに仮眠を取ったりする。スタッフルームというところだろう。元は納戸だったと聞いた。

納戸という場所に入ったことはもちろん、リアルに目にしたこともなかったから、できれば改築する前に見てみたかったと思う。

湯を沸かし、コーヒーを淹れる。牛乳をたっぷり入れたカフェオーレは昔から好きだった。夏場でも温かい物を飲む。自分用のマグカップにコーヒーと温めた牛乳を注ぐと、湯気と甘やかな香りが立ち上った。幸せな気分になる。

甲斐の机にはアイスコーヒーのグラスがあった。やはり牛乳を注いだらしく薄茶色をしていた。『アーセナル』では、基本、他人の世話はしない。来客があれば、手の空いた者が飲み物ぐらいは用意する。その程度だ。

七月の初め、大学が夏休みに入るのと同時に、千香は『アーセナル』に通勤し始めた。今まで通りのリモートも選択できたけれど、あえて選ばなかった。

「千香ちゃんて現場主義なんだあ」と、陽太は言うけれど、現場というより『アーセナル』の雰囲気が好きなのだ。竹と雑木に挟まれた道も、古民家と呼んで差し支えないモノトーンの外観も、明るい室内も、仕事以外では誰にも役目を負わせない了解ごとも好きだ。

「川相、共有ファイル、確認してみて」

席についたとたん、甲斐から声を掛けられた。カフェオーレのマグカップを置き、パソコンを立ち上げる。この瞬間も好きかもしれない。なぜか胸が高鳴る。

『アーセナル』が正式に動き出してから約四か月が経った。思いの外(ほか)、順調で先行きは明るい……とは、とても言い切れない。しかし、読みが甘過ぎて、どうにもならないほど行き詰まってしまったわけでもない。そこそこの滑り出しといった状況だろうか。

甲斐が創り上げた仮想空間は〝ＳＱＵＡＲＥ〟と名付けられた。〝ＴＡＬＫ〟〝ＨＥＬＰ〟〝ＴＲＯＵＢＬＥ〟〝ＩＭＡＧＩＮＡＴＩＯＮ〟〝ＦＡＣＴ〟などの部屋があり、自由に行き来できた。何かを喋(しゃべ)りたければ、まずＴＡＬＫルームに、助けを求めているのならＨＥＬＰルームに入る。そこで語られたことに対し、意見や感想を発信するのは自由だが、ヘイトスピーチにも繋(つな)がる差別的、暴力的な表現や揶揄(やゆ)や侮蔑(ぶべつ)を含んだもの、独り善がりの説教と見做(みな)されたものは自動的に排除された。本人の承諾があれば、問題解決のために専門家へと繋げる仕組みもできていた。

「タンポポタヌキさんからメッセージが来てる。川相宛じゃないかな」

「えっ？」

タンポポタヌキさんはＴＡＬＫルームを訪れた人だ。

幼馴染で高校までずっと一緒だった親友と久々に逢ったら、すっかり人が変わっていた。こちらを見下した言い方をし、やたらマウントを取ってくる。とても不快だったから、そのまま疎遠になってしまったけれど、何だか淋しい。大好きだった親友が不快なタイプの人間になってしまったことが、淋しくてたまらない。考えていると、涙が止まらなくて、自分が独りぼっちの気がする。人って、そんなに変わってしまうものなのだろうか。

そんな内容の話だった。それに対し「生きていると、何度も経験すること」とか「新しい出会いが必ずある」とかの意見は辛うじて残ったが、「人生とは……」と、滔々と語ったものや上から目線の説教、「もしかして、コミュ障？」「悲劇の主人公きどりになってるだけ。よくいるよね、こんな自己陶酔型の嫌なやつ」等の明らかな誹謗中傷は全て排された。共感や同じ体験を語る発言が多かったが、千香は少し違和を覚えた。

ほんの少しばかりの違和感。

タンポポタヌキさんのメッセージが作り物、嘘だとは思わない。僅かも思わない。でも、違うんじゃないかな。この人の淋しさ、孤独、嘆きって親友のせい？

そうかもしれない。でも、それはきっかけの一つに過ぎないいんじゃないだろうか。自分を独りぼっちだと感じる、きっかけの一つ。

ふと、菜々美の顔が浮かんだ。

高校を卒業してから一度だけ、会った。町中でばったり顔を合わせたのだ。

「菜々美、おめでとう」

関東圏の私立大学に合格したと聞いていたから、そう声を掛けた。スマホから祝いの詞を送ってもいたけれど、そのときもこのときも、菜々美の反応は薄かった。

「うん、ありがとう。第一志望じゃないけど、浪人は駄目だって言われちゃったし。まっ、しかたないわ。あたしのレベルに釣り合ったガッコかもね」

自嘲ともとれる台詞の後、菜々美はひらりと手を振った。

「じゃ、ね。バイ」

ぎりぎりまで短く切り詰めたような別れの一言を残し、去って行く。雑踏に紛れ、消えていく。それっきりだった。それっきり逢っていないし、SNSでのやりとりもしていない。ブロックされたわけではないから、連絡を取る方法はあったけれど、千香にはできなかった。

拒絶を感じたからだ。菜々美は千香を拒んでいた。

理由は知らない。知りたいとは思わない。少なくとも、今は知らずにいたい。菜々美が背を向けて去って行った。菜々美が自分を拒んでいる。その事実だけを受け止める。

上辺だけなら、タンポポタヌキさんと似た体験ともいえる。だから、親友の変化した衝撃も、衝撃の後、ゆっくりと染み出してくる戸惑いや悲しみも、その下で知らぬ間に燻っている怒りまでも察せられる気がした。

だけど、きっとそれだけじゃない。もっと深く、重い。

タンポポタヌキさんが抱えているものは、親友への失望と落胆だけではなく、自分の存在そのものに関わる、深く重い何かではないだろうか。むろん、何かの正体なんて千香には摑めない。人間関係、出自、暴力、貧困、家族……千香の知らない現実にタンポポタヌキさんは呻いている。おそらく、ずっと前から。

ふっと、歌が浮かび上がってきた。

寺山修司の歌だ。

マッチ擦るつかのま海に霧ふかし身捨つるほどの祖国はありや
ふるさとの訛りなくせし友といてモカ珈琲はかくまでにがし

高校に入学し、図書室に入り浸るようになったころ、宮沖先生が薦めてくれた数冊の中に寺山修司の歌集があった。「寺山修司、読んだことある」「ないです。教科書に載っていたから、名前は何となく知っている程度です」「じゃ、読んでみたら。川相さんなら刺さるかもよ」。にっと笑って、宮沖先生はさほど厚くない一冊を渡してくれた。

歌集を読んだのは初めてだった。短歌の良し悪しなどわからない。でも、この二首を読んだとき、〝一人〟を感じた。自分一人、誰か一人。孤独とか自由とか唯一無二とか、そんな簡単に言語化できない〝一人〟だ。

そして、その〝一人〟はタンポポタヌキさんの呻きに共振するのでは……確信などない。ただの勘だ。自分の勘に従って、千香は寺山修司の歌集と高二のとき同じように〝一人〟を感じさせてくれた本を二冊、紹介してみた。一冊はさる地方の公立高校を舞台に生徒たちの群像を描いた漫画、もう一冊は数年前に三十代の若さで急逝した作家の短編集だった。おそらく、遺作になったはずだ。三冊の表題と書影を並べ、『お薦めの本です』と短すぎるほど短いメッセージを添えた。

後悔が押し寄せてきたのは、暫くしてだ。

余計なことしたのかも。

千香に任せられた仕事は答えることでも紹介することでもない。データを纏め、体系化していくことだ。だとしたら、『お薦めの本です』の一行は、仕事の範疇を逸脱している。

余計なことしたんだ。

身も心も竦めたくなる。少し苦い後悔を噛み締める。

そのタンポポタヌキさんから、メッセージが届いた。


本を薦めていただいたのが一番、心に染みました。

読んで、どうしてだか大きく息を吐き出していました。

ありがとうございました。

それだけのメッセージだけれど、千香も息を吐き出していた。そうすると、少し力が抜けた。肩のあたりが、胸の中がすっと軽くなる。

タンポポタヌキさんも同じだろうか。ほんの僅かでも心身を緩められただろうか。

「川相の推薦本、ドンピシャだったみたいだな」

「たまたま、タンポポタヌキさんには合ってたんだね。よかった。でも、誰にでも合うってわけじゃないよね。ほんと、たまたま」

甲斐が僅かに眉を寄せた。

「誰にでも通用する方法なんて、ないさ。ないから、おれ、『アーセナル』を立ち上げたんだ」

「うん」

頷(うなず)く。万人ではなく、たった一人に届く言葉、合う方法。それを手に入れるのが、どれほど至難か甲斐は承知しているのだろう。千香にはまだ、わからない。頭では理解していても、実感として摑めないのだ。

でも、タンポポタヌキさんに、あの三冊が響いたのなら嬉しい。理屈でなく嬉しい。

「このケース、整理してファイルに入れるとき、本のタイトルを忘れずにお願いします」

「はい」

「それからさ、川相」

甲斐がパソコンの向こうから首を伸ばし、千香を見やる。

「あまり難しく考えんなよ」

「え？」

「やれることをやる。無理なことは無理と言う。自由に楽にやってかないと続かないからさ。仕事の範疇とか、余計なこととか、あんまり考えないで、まずはやってみてよ。もうちょっと、信頼してもいいと思うけど」

甲斐を見返す。視線が絡んだ。

甲斐の眼差しはいつも柔らかい。尖ったり、冷え冷えと凍てついたりしない。少なくとも、千香は知らなかった。そういう眼つきの甲斐を知らない。昔も今も、だ。

尖ってはいない。けれど、鋭くはある。千香の惑いを見抜いていた。

「信頼って周りの人のことをって、意味？」

「自分って意味」

甲斐が目を伏せる。キーボードを叩く微かな音が響く。

「えっと、だからさ、自分の感性とか勘とか、そういうの信頼していいかなって……。このケースではどんぴしゃだったわけだし……。正直、本が足がかりになるなんて考えてなかったから、やっぱ、これって川相だからできた発想だと思う」

「うん」

「本だけじゃなくて音楽とか映画とか絵画とか、そういうのも武器になるかもって思えた」

「うん。武器だね」

殺すためではなく、生きるための武器。『アーセナル』は武器庫なのだ。

「もちろん、同じやり方が通用しなくて、全然外れちゃうこともあるわけで、さっきも言ったけど、一律に使える解決方法なんて嘘っぽいものじゃなくて、えっと、投稿者一人一人にちょっとでも届けばいいので……あれ、何か言ってること堂々巡りになってるかな。何か、しゃべるの、ちっとも上手くならなくて……」

口下手で恥ずかしがり屋で引っ込み思案で優しい。甲斐はまだ昔の自分をくっつけていた。くっつけながら新しい会社を立ち上げ、現実と向き合っている。

「オーダーメードだね」

口をつぐんだ甲斐に笑い掛ける。

「あ？　あ、そうだな」

甲斐も笑った。『アーセナル』は注文に合わせて一着ずつ手縫いするオーダーメードの会社なのだ。どんな注文が来るか、注文をどう仕上げていくか、蓋(ふた)を開けてみないとわからない。そして、自分がどんな武器を携えているのかも未知だ。

「おはよう。今日も一日、暑くなるぜ。ほんと、嫌になっちまう」

コトリが入ってきた。パフスリーブの白いブラウスに薄紫の縞模様のフレアスカート。スカートのベルトは幅広のリボンになって背中側できれいに結ばれている。スカートと同系色のヘアバンドを付けていた。

「おはようございます」

挨拶を返した千香をちらっと見て、コトリは腰に手を置き、「いいよね」と言った。

「え？　あ、はい。今日の恰好も素敵です」

お世辞でも追従でもない。そんな器用な真似はできない。

コトリの服装はいつも華やかで、可愛らしい。千香には絶対にできない装いだ。

「あたしのことじゃねえよ。千香のこと。やっぱ、その髪型、似合うわ」

「あ、ほんとに？」

三日前にショートボブにした。思い切って、ばっさり切ったのだ。想像していた以上に頭が軽くなった。首筋を風が通って心地よい。ここまで短くしたことがなかったから、翌日は僅かに臆するような心持ちで出勤した。甲斐は控え目に、陽太は大げさに、コトリはあっさりと褒めてくれた。異口同音に「似合う」と言ってくれたのだ。

「千香はぜーってえ、ショートが合うんだよ。長い髪を上手に扱えてないもんね。短くすると、すっげえ印象が変わる。いいよ、すごく、いい。似合ってる」

あっさり褒めた後、そう付け加えてコトリはにっと笑った。

今朝も改めて、今度は真顔で似合うと断言してくれた。言い切ってくれたことが嬉しくて、千香は髪を軽く撫で上げた。

コトリが唇を心持ち尖らせる。ピンク色のリップが艶やかだ。

「ほんとさ。あたしは、めったに嘘なんかつかねえよ」

「あ、そうですよね。確かに、そうだ」

「ついでに、つまんないダジャレとか、どーでもいい噂話もめったに言わない」

その通りだと思ったから、「はい」と返事をした。

コトリは自分の席、千香の右隣に腰を下ろした。室内を見回し、舌を鳴らす。

「で、めったに本当のことを言わないやつは、どうしたんだよ。まさか、まだ寝てるとかふざけた真似、してんじゃねーだろうな」

「陽太は今、準備中」と、甲斐が答える。

「準備中って、何の準備だよ」

「これから、東進銀行に挨拶に行って、その後、個人投資家向けのセミナーに参加する。これは、投資家の動向とか状況とかを知るためにだ。その後一旦、帰ってきて、夕方からは市役所の市民生活課とスポーツ・文化振興課に顔を出して、資料をもらって、こっちの説明もして、夜には子どもたちに学習支援を行ってるNPOの代表者と打ち合わせ。と、まあそういう諸々のための準備」

「わおっ」。コトリは大仰な仕草で、肩を竦めた。

「すげえな。売れっ子アイドル並みのスケジュールだねえ。で、甲斐も一緒に動く？」

「おれは、セミナーはパス。応答システムの一部に気になるところがあって、もう少しバージョンアップさせたいんだ」

甲斐が言い終わらないうちに、ドアが開いた。部屋の右奥に取り付けられた白いドアだ。部屋に合わせて今風……というより、少し安っぽく見える。機能的と言えば聞こえはいいが、装飾など一切なく、昔風の丸いドアノブが一つ付いているだけだ。だから、妙にのっぺりした印象を受ける。そのドアの向こうは、改築していない昔のままの造りになっていて、甲斐と陽太それぞれの部屋があると聞いた。安っぽいドアは、仕事場と個人的な空間を隔てている境界線なわけだ。

そこから駆け込んできた男に、千香は目を見張った。

「え……稲作さん？」

黒髪を綺麗に梳かし一つに括り、薄青のピンストライプのワイシャツに紺色のビジネススーツ、青い斜め縞のネクタイをきっちり結んだ姿を見詰めてしまう。

「そうそう、『アーセナル』渉外&営業担当、稲作陽太であります」

陽太が両足を揃え、敬礼をする。

「すごい。まるで別人ですね。変装したみたい」

「みたい、じゃなくて、マジで化けてんだよ。こいつ、おまえはルパンか？　ってぐらい、何でも化けちゃうやつだから。そのうち、人間じゃ飽き足らずナマケモノとかオオアリクイになっちまうんじゃねえの」

コトリがけらけらと笑う。外見通りの可愛らしい声だ。

「ナマケモノやオオアリクイが営業できんのかい。まっ、意外と上手くいくような気もするけど……て、それどころじゃないんだ。コトリ、すぐ用意して」

「何の用意だよ」

「ついさっき、東進銀行から『アーセナル』の活動内容や財務について詳しく知りたいって連絡が入ったんだよ。説明を聞きたいってさ」

「えっ」。甲斐が小さく叫んだ。

「今日は挨拶だけって話じゃなかったっけ。そのつもりだったけど」

「おれだって、そのつもりだったさ。マジで驚き。ったく、急に予定を変えるなつーの」

「ふふん。東銀は大手だからね。起業したばかりの正体の知れない会社なんて、かなり下に見てやがんだよ。こっちの都合なんてお構いなしってわけさ」

コトリが鼻から息を吐き出した。

「でも……いいことじゃないんでしょうか」

千香は束の間口ごもったけれど、すぐに続けた。

「だって、詳しい話を聞きたいって前向きじゃないですか。挨拶だけなら、何だか適当にいなそうって感じもするけど、向こうから聞きたいって本気度が高いと思います」

パチッ。陽太が指を鳴らした。

「それそれ、それよ。電話でもちょいと横柄な臭いはしたけど、聞く気は満々って感じだったんだよねぇ。うちのこと、それなりに調べたって空気もあったなあ」

「調べて、興味を持って、詳しく話を聞く気になった。そういうわけか」

甲斐が立ち上がる。

「コトリ、一緒に来てくれ。東銀としては活動内容の次に、財務管理の詳細を知りたいはずだ。担当として説明して欲しい」

「了解。デジタルデータだけじゃなく紙の資料もいる？」

陽太がもう一度、指を鳴らした。よく響くいい音だ。

「念のために用意しといた方がいいね。敵の大将が出てくるのか、副将あたりなのかわかんないけど、まだ紙資料の方が落ち着くって年代じゃないの」

「敵じゃないだろう。だいたい大将って誰だよ。支店長か」

「頭取だ。さすがに日銀総裁のお出ましは、ないだろうな」

「また、大きなことを。窓口で体よくあしらわれる見込みもあるってのに」

甲斐が苦笑いした。コトリが「千香」と呼ぶ。

「はい」

「こういう展開になっちまったから、あたしも出陣する。なので、悪いけど№4の114
5ってファイル、急ぎプリントしてくんない」

「わかりました。何部、必要ですか」

「七部」と、甲斐が答えた。

「陽太、後三十分、時間ある？」

コトリがヘアバンドを取り、頭を振った。長い髪が揺れて、一瞬、煌めいた。

「ギリ、二十分」

「ちっ。やってらんねえな。朝っぱらから、忙しいこった」

文句を言いながらも素早い動きで、コトリはパーテーションの向こう側、スタッフルームに消えた。千香はすぐ仕事にとりかかる。陽太と甲斐はパソコンを覗き込み、緊急の打ち合わせを始めた。その後、甲斐は誰かに電話を掛けていた。

『アーセナル』に通うようになって、一番驚いたのは甲斐のネットワークの広さだ。一昔前なら人脈とでもいうのだろうが、そんな重々しい響きとは無縁の広がりに思えた。

パソコンの画面に他国の文字がずらりと並んでいるのも何度か目にした。数日前には、

「甲斐くん、何か国語を使えるの。すごいね」

と、心底から驚嘆して尋ねたけれど、甲斐は「日本語も怪しいぐらいさ。言葉を駆使するなら川相の方がずっと上だ」と、さらっと答えた。

「でも、これ……英語でしょ。しかも、凄い量で。あたしには無理だな」

「変換ソフトを使えば簡単。そのうちに、だんだん慣れてくる。使えるものは全部使ってみれば、無理なことって思ってたより少ないよ。でも、まあ……」

そこで、甲斐は視線を宙に泳がせた。

「絶対に無理なことってのも、確かにあるよな」

「あるよね」

「おれは、当たり障りのない会話とかどうしてもできないし、みんなでワイワイ騒ぐのも……これは無理というより苦手、超が付くほど苦手だし。黙って立ってろと言われた方が百倍マシって感じだからなあ」

「だけど、いろんな人と交流あるでしょ」

「うん。『アーセナル』を立ち上げたいって思ったとき、おれ、自分がほとんど何も知らないってことに改めて気付いたんだ。それで、学ばなきゃ、知らなきゃって、痛感したわけ。で、いろんな人にアクセスしてみた。おれ的には無茶苦茶勇気がいったけど、『アーセナル』に必要だと思ったら、ビビってなんかいられないし、おもしろいとかすげえとか感じることも、たくさんあったかな」

「そんなに上手くいったの」

甲斐が首を傾げる。ややあって、かぶりを振った。

「いかなかった。甘くないだろうと考えていたけど。考えていたよりずっと厳しかった。これが現実なんだって思い知ったよ。ただ、五分の一ぐらいの人から返事があって、実際に逢って話ができたんだ。その五分の一の人との繋がりが、すごく貴重で、有益で、ともかくおもしろかったんだな。今思えば、五分の一って、かなりの数字なんだよな」

「返事をくれたのって、どんな人たち？」

「いろいろ、かな。経済学者や投資会社のオーナーや自治体の人もいた。あとは、学生のときに起業した人たちとか、ホームレスの人たちを法的な側面から支援している弁護士さんとか、花卉栽培と販売のシステムを作ろうとしている農大の学生とか、ブログが最高に読み応えのある高校生もいたし……ほんと、いろいろ」

「あっ」と声を上げていた。

「もしかしたら、『アーセナル』の外部メンバーになっている人たち？」

「うん、みんながみんなじゃない。メンバーに加わってくれた人もいるって、とこかな」

「そうか……」

千香は我知らず、ため息をついていた。

そうか、甲斐くんは、そんな生き方をしていたのか。

甲斐が千香の前から去り、再び出逢うまでの年月、そんな生き方をしていたのか。

あたしは何をしてただろう、と、考える。

あたしは甲斐くんがいなくなった日常を生きていた。中学校に通って、高校に通って、図書館や図書室に入り浸って……。

「おれ、学校に行ってよかったし、行くのを止めてよかった」

「え?」

「まがりなりにも中一まで通ったから川相とも親しくなれたし、さっき言った農大の学生は中学の先輩になるし、な。でも、あのまま学校に通ってたら、絶対に出逢えなかった人もいる。陽太やコトリもそうだ。だから、まぁ、いいかなって思って」

「甲斐くん」

千香はわざと眉を顰めた。

「あたしとは幼稚園のころからの知り合いだよ。年少組のときから一緒だったでしょ」

「あ、そうか。ヤバッ、かっこつけようとしてスベった」

真顔で慌てる甲斐がおかしくて、笑っていた。

笑いながらふっと思う。

あたしは、これから、どんな人に出逢うだろう。

甲斐くんたちと、『アーセナル』と関わったことで誰に出逢えるだろう。

唇を噛む。胸の内で違うと呟く。

違う、違う。出逢うじゃない。出逢えるでもない。出逢いたい、だ。

あたしは、これから、どんな人に出逢いたいのか。

甲斐くんのように、出逢いたい人を見つけ、探して、出逢うために動く。

自分にできるのかどうか心許ない。大学に進んで、卒業して、ちゃんとした会社に就職して、それなりの仕事のスキルを身に着ける。そんな未来を漠然と描いていた。でも、他にも無数の道があるよと、甲斐に教えられた。無数の道のどの一本を行くのか、それは自分で決めなければならない。

「あ、連絡が取れた」

甲斐がパソコンの画面をのぞき込む。その後ろで、千香はため息を一つ、呑み込んだ。

2

甲斐の声で我に返る。

「わかりました。はい、そういうことなら……いえ、かえって、ありがたいです。はい、ええ……そのつもりです。ありがとうございました」

甲斐はスマホを耳から離し、陽太に顔を向けた。

「やっぱり、赤瀬(あかせ)さんがプッシュしてくれたんだ」

陽太は軽く笑った。

「根回ししてくれたんだ。あの人、面倒見がいいからな」

「うん。東銀の支店長に直接、連絡してくれたって。東銀、国の方針を受けて、ベンチャー企業への特別融資枠(ゆうしわく)を広げるらしい」

「なるほどね。それで、じっくり説明を聞こうかって方向転換したわけだ。まぁ、これで門前払いの心配はなくなったな。じゃ、こんな堅苦しい恰好しなくてよかったかな。甲斐は、そのまんまだろ」

「いや、さすがにTシャツ一枚は憚(はばか)られるから、ジャケットぐらい羽織る」

「そうしなよ。憚られるかどうかは別にして、冷房がもろ当たったりしたら寒いもんな」

「はい、お待たせしました」

パーテーションの陰からコトリが現れる。白いカットソーの上に薄茶色のスーツを着込み、一纏(ひとまと)めにした髪を木製のバレッタで留めていた。黒いフレームの眼鏡までかけている。

「川相さん、資料はできていますか」

コトリの口調が豹変(ひょうへん)することには、だいぶ慣れてきた。千香も少し硬い物言いで返す。

「はい。七部、作っておきました。確認されますか」

「ありがとう。そうね……うん、これでいいわ。あ、CEO、後ろの髪が跳ねてます。寝癖はちゃんと直してください。稲作さんは歯磨きを忘れないように。よろしいですか？　お二人ともよろしいなら、参りましょう」

「コトリ、いつも思うけどさ、そんなに雰囲気を変えなくていいんじゃね。そっちこそ、ルパンの従姉妹（いとこ）か？　って感じだよん。まあ、いつものコトリで銀行に乗り込まれちゃ、纏まる話も纏まらないけどさ」

「わたしは職務に忠実に振舞っているだけです。お二人とも名刺を持ちましたね」

甲斐が「あっ」と叫んで、抽斗（ひきだし）の中を探り始めた。

「名刺なんて、ほんと、時代遅れだよなあ。スーツ着て、名刺交換して、商談。こういうの、いつの時代から続いてるわけ。もうちょっと、スマートにいきたいよね」

陽太がノートパソコンを脇に挟み、わざとらしく顔を顰（しか）める。コトリもパソコンを仕事用の黒いアタッシュケースに納めた。それから、スーツの肩を竦（すく）める。

「稲作さんは、もうちょっと黙っていられるならスマートです。さ、行きましょう」

「はいはい、千香ちゃん、後はよろしく」

「川相、タンポポタヌキさんのケースの整理、頼むな。それと他のケースも同様にお願いします。二時間ぐらいで帰ってくるから」

「はい。昨日分は全てきちんと片付けておきます」

「よろしく。じゃ、いってきます」

「あ、まだ寝癖が直ってない」

「いいよ、髪なんてどうでも。おれ、癖毛だから仕方ないんだ。じゃ」

ひらりと手を振って、甲斐が出て行く。コトリと陽太は一足先に夏の陽光を受けていた。

「わーっ、死ぬほどあちぃーっ。てか、マジ、死ぬーっ」

陽太の悲鳴に近い声が響いてくる。

「すごいなあ」

独り言を呟いていた。

『アーセナル』の推進力に圧倒される気がした。闇雲(やみくも)に突き進むのではなく、一歩一歩着実に前進していく。その力を感じる。こんなことができるんだ。

今度は心の内で呟いて、千香は深呼吸を二度、繰り返した。

甲斐は、まだ十代だ。陽太もコトリも〝若者〟の範疇(はんちゅう)にすっぽり収まる。そういう者たちが、現実の社会と対等に向き合っている。向き合えるのだ。

「サイコーの仲間ができてマジで嬉しい」

初めて逢った日、陽太から言われた言葉を思い出す。

あたしも「アーセナル」の一員なんだ。

千香はパソコンの前に座った。〝ＨＥＬＰ〟にメッセージが届いている。重要を告げる王冠マークがついていた。八歳のウタという男の子からだった。

学校にいきたく、ないです。学校に、いけません。友だちがいじわるです。でも、いかないと、パパがおこります。ママはおこらないけど、パパがおこります。今は夏休みだけど、夏休みがおわったら、どうしたらいいですか。パパがおこるのはいやです。

ぼくは、どうしたらいいですか。

まず、コメント欄を開く。かなりの数だ。除外されたものが二件、あった。

わたしも、もう何か月も学校に行っていません。すごく、不安です。恐怖すら覚えています。でも、やはり、行けません。あの場所は、もう嫌です。二度と足を踏み入れたくありません。でも、このままじゃ駄目かなとも考えています。

どうしたらいいか考えても、答えがみつかりません。

相談には行きました。母と一緒に何回か。でも、どれも、どうしたら学校に行けるようになるかという答えしか探してくれないんです。「しばらく休んでいいから、元気が出たら通おう」とか「学校側とじっくり話をして、改善できる点を見つけましょう」みたいな。「未来のことを考えましょうね」とも言われました。

わたし、本当に学校が嫌いなんです。今が精一杯で、未来のことなんて考えられません。でも、そうだとしたらどうしたらいいんでしょう。


イモムシと名乗る十四歳の少女は、ウタに答えるというより、自分の心内を吐露していた。それについてのコメントが増えていく。

どうしたらいいですか。

どうしたらいいんでしょう。

二人の問いかけに、どう答えていくのか。千香は暫くの間、画面に目を凝らした。自分のことをイモムシに譬える少女も気になったが、ウタのことがさらに心に引っ掛かった。コメントする者の多くが中学生より上らしく、八歳の少年には内容が難し過ぎる。理解できない文言が多いのではないか。千香はコメントをなるべく平易な文章に直し、〝ということですね。あっていますか〟の一文を付け加えて、表示してみた。

ふと、甲斐の言葉を思い出す。さっき、聞いたばかりだ。

おれ、学校に行ってよかったし、行くのを止めてよかった。

あの呟きに近い一言をもっと掘り下げて、ウタに届けることはできないだろうか。

ウタくん、ママはおこらないんだね。だったら、ママはウタくんのみかたなんだよ。思ったことをママにお話しできるかな。夏休みがおわっても、学校に行きたくないってつたえられるかな。つたえてみてくれませんか。ママはたすけてくれるかもしれないよ。もし、だめだったら、また、みんなでいっしょに考えよう。

へい、ウタ。ウタっていうぐらいだから、歌がすきなんじゃない。じつは、あたしも学校がだめで、ずっと行ってないんだ。でも、歌のグループには入っているよ。バンドとかじゃなくて、みんなですきな歌を歌うだけのグループ。ウタもおいでよ。歌でなくても、すきなことするグループって、たくさんあるよ。電車にのるとか。虫をあつめるとか。キャンプするとか。すきなものがあるところ、さがしてみたら。きらいなところでムリするよりいいよ。いっしょに歌おうぜ。思いっきり。気持ちいいよ。

コメント23と36。23はナリタ、四十歳、スクールカウンセラー、36はモモイロウサギ、十七歳、アルバイト。どちらも女性だった。この二つにだけ、ウタは「ありがとう。できる」「うた、大すき」と返信していた。イモムシも反応している。

うちは父親も母親も困り果てているようです。よく、怒ります。でも、お祖母(ばあ)ちゃんは怒らないな。隣町にいるけど、『遊びにおいで、しばらくこっちにいてもいいよ』ってメールをくれた。お祖母ちゃん、スマホをかなり使いこなしてます。お祖母ちゃんは、味方かもしれない。そして、わたしも歌が好きです。大きな声で歌うとすっきりします。このところ、ぜんぜん、歌っていない。声を出してもいない。

「そうだ。お祖母ちゃんのところに行け。そこで、歌え」「ともかく、声でも気持ちでも外に出して」「でも、学校は行った方がいいと思う。学校と交渉すべき」……コメントは続き、精神論や教育論も語られたけれど、そこに対する反応はほとんどなかった。

これまでのやりとりを整理し、キーワードに〝歌〟と入れた。これで、キーワード欄をクリックすれば、都道府県別に合唱団、歌声サークル、カラオケ、バンド、コーラス、アカペラ、アニメソングから演歌、ポップス等々、音楽活動をしているサークルの情報が手に入る。

AIが、不登校の子どもたちの支援団体、相談機関、NPOのURLを選び出してきた。千香は長い息を吐いた。他の部屋も開けてみる。王冠マークは見当たらない。カフェオーレは冷めてしまった。いっそ、氷を入れてアイスにしようかと考える。

ウタとイモムシとは、また、繋がれるだろうか。

冷めたカフェオーレを飲みながら思う。『アーセナル』に関わってから、メッセージを送ってくる人たちの中に、十歳以下の子が少なからずいることに動揺していた。十代に達しない子どもたちがインターネットを使いこなしているのには感心するが、その感嘆を超えて、千香を震えさせたのは伝えてくる内容の苛酷さだった。ウタのように学校に行けない、行きたくないと訴えるものが約半分を占めていた。残り半分には虐待が疑われるもの、明らかなイジメだと判断できるものが、かなりの数に上る。もう少し年齢が上がると、ヤングケアラーと思しき事例も増えてきた。

専門機関との速やかな連携が必要なのは確かだ。

ちょうど一月前。リモートでスタッフ会議に参加した。そのとき、専門機関との連携云々を発言してみた。「そこは間違いなく必要だ」と言った後、甲斐は口元を歪めた。

「けど、その専門機関がちゃんと機能していない所もあるんだよな。だいたい、数も人も足らなさ過ぎて、どうにも回らないって状況みたいだ」

それは、かなりの衝撃を千香に与えた。

「『アーセナル』は、その不足分を補えるの」

「いや、無理だ。うちは、飽くまで情報空間を運営しているだけで、データ化はできても実際に動くことはできない。そこまでの機能はないよ。ただ……」

「ただ？」

「そのデータで現実の問題を炙り出すことは可能だろうな」

「そんなに上手くいくかねえ」

陽太がボールペンをくるりと回し、「甘くないよ。現実ってやつは」と続ける。

「いくらデータが揃っても、それじゃあって動いてくれるとは思えないけどねえ」

「うるせえな。動かないなら動かしゃあいいだろうが」

コトリが吐き捨てるように、言った。その後、爪楊枝で歯の間を穿る。そのときは大きな衿のついた薄桃色のブラウスの背に、緩やかなカールをつけた髪を垂らしていた。人形のような外見と仕草がどうにも釣り合わない。

陽太が黒目をくるりと回した。

「動かすって、どうやってだよ」

「そんなこと、わかるわけねえだろ。わかってたら、こんなとこにいねえよ」

「こんなとこって……コトリが一緒にやりたいって言ったんじゃないか。『アーセナル』で働くために、会計事務所、辞めちゃったわけっしょ」

「おまえ、ほんとうるせえな。一々、揚げ足取るんじゃねえよ」

陽太とコトリのやりとりに、甲斐がさりげなく口を挟む。

「データだけで現実は動かないけど、動かすためにデータは必要になってくる。だから、ともかく、今は『アーセナル』に集まるデータをデータベース化して実用化することが重要なんだよ」

寸の間、口ごもり、甲斐は続けた。

「現実を動かすために『アーセナル』を立ち上げたんだから」

画面越しではあったけれど、千香は甲斐を凝視した。陽太もコトリも黙って見詰めている。

「な、なんだよ」

甲斐の頬がみるみる紅潮していく。

「なんで、みんな、そ、そんなに見てくるんだよ。別に変なこと言ってないだろ」

口調が乱れる。陽太が短く口笛を吹いた。

「あまりのかっこいい一言に胸キュンしちゃったんだよ。な、コトリ、千香ちゃん」

「まあ、ＣＥＯの発言としちゃあ、妥当だろうよ」

千香も同意する。胸はキュンというより、どくどくと鼓動している。普段の何倍も速く、息が苦しいほどだった。


あの会議から一月が経った。

千香は『アーセナル』にいて、一人、思案に耽っている。

マグカップはとっくに空になっていた。

現実を動かすために……。

甲斐の一言を反芻する。

「よし、やるぞ」。自分に気合を入れる。背筋が伸びた。気合は空回りすることなく、千香の身体の隅々まで入り込んでくれたらしい。

パソコンに向き合う。

壁の鳩時計が「ポッポウ」と九回、鳴いた。

お世辞にも精巧とは言えない木彫りの鳩が引っ込んだとき、二通のメールに気が付いた。どちらも、たった今到着したばかりだ。

隣県の公立図書館と首都圏の大学からだった。着いた順に図書館からのものを開ける。


突然のメールで失礼します。

わたしは、○○県A市の中央図書館で館長を務めます榎田と申します。


そんな、通り一遍の挨拶で始まったメールに千香は釘付けになった。目を凝らし、文面を追う。読み終えて、思わず深呼吸をしていた。

甲斐とコトリが帰ってきたのは、鳩時計が十一時を告げた直後だった。昼からセミナーに参加する陽太とは東進銀行を出てすぐに別れたという。

「あぁ、疲れたーっ。やってらんねえ」

スーツのジャケットを脱ぎ捨て、コトリがイスに座り込む。冷えた麦茶のグラスを差し出すと、「わぉっ」と喜びの声をあげた。

「ありがとう、千香。マジ、喉(のど)がからからだったんだ」

グラスの中身を一気飲みする。こめかみから頬を伝い、汗が一筋流れた。本当に少し疲れて見えた。冷房をつけておいてよかったと、千香は少しほっとした。

「東銀との話、そんなに大変だったんですか」

「スーツ着るのが大変なんだよ。肩凝るし、足は広げられないし。よくも、こんな窮屈(きゅうくつ)な物、一日中着ていられるもんだって、マジ、思う。裃(かみしも)の方がまだマシなんじゃねえの」

「まさか」

つい笑ってしまった。

「裃は着たことないですけど、スーツより窮屈なんじゃないですか」

「そうかな？　そうだね。なにせ、家紋が付いてんだから窮屈この上なしか」

からからとコトリが笑う。喉の奥まで見えるような大笑(たいしょう)だった。

機嫌は悪くない。銀行との話が上手くいったのだろうか。

ちらり。甲斐に視線を走らせる。

甲斐はグラスを掴んだまま、千香と目を合わせた。

「わりと積極的だった」

そう言って、麦茶を飲み干した。やはり、喉が渇いていたらしい。

「応接室に通されて、お茶が出たくらいだから歓迎……とまではいかなくても邪険には扱われなかったかな。お茶は薄くて味なんかなくて、おざなりって感じはしたけど」

「こちらの話はちゃんと聞いてくれたの？」

「うん。支店長も同席して……えっと、わりに変わった名前で……あれ、名刺どうしたっけ？」

「溜金だよ。ははっ、銀行の支店長で溜金だってよ。ぴったり過ぎて、もう、おかしくておかしくて噴き出すのを我慢するのが辛くて、マジ、やばかった」

コトリがさらに、笑声をあげた。千香も釣られて笑いそうになる。

「でも、支店長まで同席してくれたのなら融資の件はスムーズに進んだんだね」

「進んだと思う。今、国が起業を促す方向に傾いているから、銀行も融資枠の何パーセントかをベンチャー企業へ回すよう金融庁から指示が出てるって。それで、東銀としても地元で起業した若い人を応援したいってことらしい。しかも、コトリと陽太の説明が完璧で、資料も完璧で感心かつ驚いてたな。溜金さんたち」

「けっ。見くびって貰っちゃ困るね。あれくらいのことで騒がれたくねえさ」

コトリが真顔になる。笑みはもう眼の底にも残っていない。

「甲斐、この話は無しにした方がよか、ないか」

「うん。だな」

千香は目を見張る。金融とか経済とか融資とか、単語として知っているだけに過ぎない。それでも、東進銀行が資金を融通してくれるとしたら、願ってもない申し出、好機ではないのか。と、思う。

「無しって、どうして？」

コトリが千香を見上げ、顎をしゃくった。

「座りなよ。脚の長いやつに立っていられたら、なんかムカつく。あたしとしては、千香にはジーンズ禁止令をだしてえんだよな。パワハラになっちまうから我慢してるけどさ」

コトリはいつも、千香の身長を嗤うのではなく羨んでくれる。ときに妬みの台詞さえ口にする。本心から、だ。嫉妬の台詞に励まされるなんて、初めての経験だ。『アーセナル』の一員となってから、少しずつではあるけれど前屈みになる癖が直っていく。実感だった。

「おれも断るつもりでいた。今日、話してみて、溜金さんたちが本気で『アーセナル』を理解しようとしているのかどうか、わかんなかったんだ。なにより、融資の条件がそんなによくないし……ちょっと怖いよな」

「うん、怖え、怖え。本気で応援する気ゼロって感じだったな。てか、完全にこっちを下に見てたもんな。若造どもがつるんで何をしようってんだ的な雰囲気がばんばん伝わってきやがったぜ。けっ、気分が悪くて吐きそうになったね。おえっ、て」

コトリが嘔吐く真似をする。

「え、でも、感心したり驚いてくれたんでしょ。それなら」

「あー、だめだめ」

コトリが千香を遮るように、手を左右に振った。

「感心したのも驚いたのも、こっちを舐めてたからだよ。CEOが十代でスタッフもやたら若くて、まっ、あたしは若見えしたのかもしんないけどねえ。ふふふん。ともかく、あいつらが〝若い〟と思う相手が起こした会社なんて、しょせん子ども騙しに毛が生えたぐらいのもんだって見くびってたわけさ。そこに、まあ、非の打ち所がないつーか、完全無欠つーか、そういう書類がドンと出てきたんで、おったまげたわけよ」

数秒だが思案し、千香は問うてみた。

「書類を見ても雰囲気は変わらなかったんですか」

「あんましね。こっちの説明も聞いてはいたけど、とことん理解しようって風じゃなかった。質問とか的外れなのが多かったし。だよな、甲斐」

「というか、興味がないって露骨に感じたな。企業として、どう成り立つのか銀行側として、もう少し掘り下げてくるかと思ったけど……」

甲斐が唇を噛む。それから、ふっと笑んだ。

「『まだ若いのに起業するなんて、大胆ですね。勇気がいったでしょう』と言われた」

コトリがまた、声をあげて笑う。さっきほどではないが部屋に響いて、旧式のエアコンの音を一瞬、掻き消した。

「あれな、陽太のやつ、丁度、お茶を飲んでたんだけど咽せちゃってな。もうちょっとで吐き出しそうになってた。若いから起業すんだっつーの。わかってないね」

大胆は世間知らず。勇気は向こう見ず。東進銀行の支店長の頭の中では、そう変換されているわけか。千香は笑えない。

「旧弊だね」

ため息に混じって一言が、ほろりと零れ落ちる。

「経験を積むのも、ネットワークを広げるのも若いとできないって思い込んでるんだ」

「うん、だな。『アーセナル』の事業内容にしても、前例がないから評価のしようがないと断言された。それでも、まあ、ベンチャー企業向け融資の案内はくれたけど。でも」

そこで、もう一度、甲斐は穏やかに笑んだ。

「前例がないって言われたのは、嬉しかったかな」

「またまた、甲斐は前向きってか、天然入ってるっていうか、呆れるわ」

「けど、誰かのやってることを後追いしても意味ないだろ。前例がないから起業の意味はあるし、成功する確率は高くなる。そこんとこ指摘されて嬉しかったんだ」

「指摘したのは前例がないってとこだけだろうが。へっ、前例がない＝起業する意味、なんて思考があっち側にあったとは思えないね」

「それは、まあ確かに……」

パンッ。コトリの手が机を叩いた。

「だったら、旧過ぎ、時代遅れの石頭たちに、そう伝えてやればよかったじゃねえか。起業の意味とやらをしっかり教えてやればよかったんだよ」

「伝えたつもりだけど」

「はぁ？　どこでどう言った？　言うなら、もうちょい、はっきりしゃべれってんだ」

「うーん、陽太やコトリほど上手く舌が回らなくて……もたもたしてた」

「そんなんじゃ、好きな相手を口説くのなんて夢のまた夢だね。な、千香」

「え？　え、あ、まぁ……。でも、あたし、甲斐くんよりもっと回らないので……」

「ちっ、しょうがねえなあ。毎日、ベロの運動でもしな。こうやって」

コトリは舌を覗かせると、上下左右に動かし始めた。桃色の舌が小さな生き物のようにあちこちする。見ているだけで回りがよくなりそうだ。

「ともかく、おれ、赤瀬さんに報告しとく。前例なしと言われたとこも含めて、な」

甲斐がスマホを耳に当てる。千香はコトリの方に屈んだ。

「赤瀬さんて、誰ですか」

「日銀総裁」

「……なわけないですよね。あたしだって、日銀総裁の名前ぐらい知ってます」

「このところ、やたらテレビに出てるもんね。何か人の善いオジサンっぽい男よな」

「そうですか……あんまり、じっくりと見たことなかったので。えっと、それで、赤瀬さんて？　きっと、金融庁の長官でも財務省の高官でもないですよね」

やんわり釘を刺す。コトリは嫌々をするように首を振った。

「知らないんだ」

「知らないんですか」

「うん、知らない」

コトリが目を眇め、小声でしゃべっている甲斐を見る。

「甲斐のネットワークの先に誰がいるのか、正直、あたしにはわかんねえな。かなり広くて意外な人に繋がってるとは、何となくわかってるけどさ」

そこで、コトリの声が低くなった。口調がやや丁寧に変わる。

「甲斐って天才だからね」

「天才、ですか」

「意外って顔になってるね」

「あ、いえ。甲斐くんはすごいと思います。起業なんて、あたしなんて考えもしなかったです。もし考えたとしても、現実に立ち上げるなんて到底、できませんでした」

「そりゃあやってみなきゃわかんないでしょ。まあ、甲斐は闇雲に動いたわけじゃなくて、何年かかけて準備をしてたんだよ。けどさ、準備しました、はい立ち上げましたってわけにはいかないよね。その準備が肝心なんだからさ」

「はい」

　起業する。その一点についていえば、資格も特別な技術もいらないのだろう。では、絶対に必要なものは……なんだろう。

『アーセナル』のシステムもネットワークも甲斐が、ほぼ作ったんだよな。マジすごい。並じゃないもんね。並じゃなくて、前例がなくてって、マジおもしろいと思わない？　あたし、甲斐からヘッドハンティングされたとき、速攻、引き受けちゃったもんな」

「コトリさん、ヘッドハンティングされたんですね」

「え、まぁね。いや、ヘッドハンティングは言い過ぎかもしれない、かな。でも、あたし、ずっと大手の会計事務所に勤めてたんだ。かなり有名なとこよ。で、まあブログなんかやってたわけ。隠すこともないから、会計事務所に勤めてます、一応、資格持ちですなんて書いてたら、税金の知識とか節税方法とか確定申告のやり方とか聞いてくる人が出てくるわけよ。そんなんさ、ＹｏｕＴｕｂｅで整体師さんやエステティシャンが〝肩の凝りが一分で治るストレッチ〟とか〝小皺が消える魔法のマッサージ〟とか紹介するのと一緒じゃない。別にさ、何に違反してるわけでも、道を踏み外したわけでもないだろ」

「ああ、はい。YouTubeとか、あたしも時々ですが見ます。子犬や猫の動画がいいですよね」

我ながら、頓珍漢（とんちんかん）な受け答えをしてしまった。でも、コトリは嗤いも怒りもしなかった。

「なのに、上司に呼び出されて、がっちり説教されたの。あたしが調子に乗って、知識をひけらかしているとか、事務所の名前を出して、いかにも自分が取り仕切っているように振舞ってるとか、ね。あたし、事務所の名前なんて一文字も出してないし、調子に乗った覚えもありませんって、言い返してやったの。そしたら、そいつ何と言ったと思う？」

「『女のくせに、でしゃばった真似をするな』ですか」

コトリの口がぽかりと開いた。その口を閉じ、唾（つば）を呑み込む。

「やだ、千香、あんたも天才かよ？　全くその通り。どうして、わかった？」

「時代遅れの上司の言いそうな台詞ですから」

くすっ。コトリが肩を竦（すく）め、小さく笑った。

「だよね。ヘイセイすっ飛ばして、ショウワあたりまでタイムスリップしてる感あるよね。まじ、ヤバいぜ。けど、まぁ、そのおかげで事務所を辞める決心がついたからさ。こんなショウワオヤジの下で働いてても意味ねえやってみきれちゃって、すっきり辞められたわけよ。それって、どう言うんだっけ？　棚から牡丹餅とか果報は寝て待てって感じ？」

「いや……どちらも、微妙に違う気がします。あ、でも諺はともかく甲斐くんにヘッドハンティングされたのはその後、なんですか」

「ううん、前。退職する十日ほど前だったかなあ。起業を考えている者で、一度、逢って話がしたいって連絡がきたの。その時は完全、無視したかな」

コトリは目を眇め、スマホを手にしゃべっている甲斐を見やった。

「無視したんですか」

「そう、完全スルー。だって胡散臭えもの。知りもしねえやつから突然、逢いたいなんて言われてほいほい出向くほど世間知らずじゃねえし」

「でも、さっき速攻で引き受けたって。あ、すみません」

慌てて口元を押さえる。コトリの眉間に皺が寄ったからだ。

「何で謝るのさ」

「あの……それは、あの、話の途中で揚げ足を取ってしまって……。コトリさんは甲斐くんと逢って話を聞いて、それで直ぐに決意した。そういう意味での速攻なんですよね。なのに、余計な口を挟んで、ごめんなさい」

頭を下げる。コトリが息を吐き出す音がした。

「千香」

「はい」

「あんた、その謝り癖、とっとと直しなよ」

「え……」

顔を上げる。コトリの眉間に皺はもうなかった。

「あんたは失言連発の政治家か？　不祥事を起こした官僚か？　顧客情報を駄々洩れさせた会社のお偉いさんか？　どれでもねえだろうが」

「……どれでもありません」

「だったら、何でもかんでも、ひとまず謝っとけばいいってもんじゃねえんだよ」

「あ、あたしは、ひとまずなんて気持ちはなくて……悪いと思ったから……」

「謝ったら帳消しになるのかよ」

息を呑み込む。コトリとまともに目が合った。

「あんたが思った〝悪い〟ってのは、謝ったらチャラになる？　そう考えてたのかよ」

返答に窮した。「ごめんなさい」と詫びの言葉を口にしたとき、何を考えていたのか、とっさに答えられない。悪いとは思った。だから、謝った。それでは駄目なのだろうか。

甲斐がスマホを机に置いた。千香は、縋るように視線を向ける。甲斐は何も言わなかった。無言のまま、立っている。助け船を出す気はないようだ。

「他人に謝るってのはさ、結構、覚悟いるよ」

コトリが言う。囁きに近い、低い声音だった。

『すみません』も『ごめんなさい』も、過ちを認めて責任取りますってことじゃないかよ。責任取る覚悟がないのに垂れ流してると痛い目に遭うよ。特に仕事絡みでは。あっ、誤解せんといてや。ほんまに自分らが間違ってたときは、きちんと謝って責任取るのは当たり前やで。そこをええかげんにするのは卑怯やし、ときには背信行為になるさかい、誠心誠意謝るのが人の道、商いの道ってもんや」

「……コトリさん、どうして急に関西弁風になるんですか」

「商いについて話すなら、やっぱ、関西弁だろうが。あたしのお祖母ちゃん、丹波篠山の出なんだよな。だから、けっこうイケてただろ、あたしの関西弁」

コトリが親指を立て、にっと笑った。

「ちょっと怪しい気がします」

千香も笑い返す。それで、空気が緩んだ。緩めるための、〝ちょっと怪しい〟物言いだったと、気付いている。

「えっと、悪ぃ。話がそれちまった。言ってることがあちこちするの、あたしの悪い癖なんだってよ。陽太にしょっちゅう指摘されてんだよな。あたしとしては、あいつの方がよっぽどあちこちしてると言いてえけどな」

かぶりを振る。コトリは大切なことを伝えてくれた。それも、気が付いている。

謝罪の言葉には責任を取る覚悟が必要なのだ。

今まで考えたこともなかった。これからは、考え続けねばならない。

あたしはまだ学生で、まだ十代だけれど『アーセナル』の一員だ。仕事とか、責任とか、覚悟とか……そんなもの一つ一つと本気で対峙していかなくちゃならないんだ。

それが働くことなのだろう……か。まだ、わからない。

ぼくは、どうしたらいいですか。

ウタのメッセージが浮かんでくる。一度も逢ったことのない少年、もしかしたら少女のメッセージだ。幼い表現だったけれど、いや、幼い表現だからこそ真剣さが伝わってきた。

「ごめんね、答えがみつからないの」では、すまない。謝ってお終いにはできない。

重いな。

ため息が零れそうになった。『アーセナル』で働くとは、この重さを引き受けることだ。

あたしにできるだろうか。

軽く、容易く謝ることに慣れ切っていた。そんな自分に、あの重さをちゃんと受け止められるだろうか。自信がなかった。足元が揺らぐ気がする。確かな大地だと疑いもしなかったものが、実は砂山で、しかも徐々に崩れ始めている。そんな、不安を覚えた。

「大丈夫だよ」

横合いから、柔らかな声が割り込んできた。

「川相なら大丈夫。謝るべきときと謝らないで踏ん張るときと、見極められるって」

「甲斐くん」

唾を呑み込んでいた。心底から驚いてしまう。

どうして、あたしの考えてることがわかったの？

千香は胸を押さえ、目を見張っていた。

コトリが小さな笑い声をあげた。笑った後、甲斐に向けて顎をしゃくる。

「ほんと、こいつ、油断ならねえだろう。こっちの考えてることや想ってること、遠慮なく見通しやがってよ。で、今みたいに、ここぞってところで、すらっと上手いこと言ってくんだよなあ。言われた方は胸キュンとなっちまって、甲斐のことを優しくて、誠実で、自分のことを理解してくれるって勘違いしちまうんだ。男も女もな。へっ、とんだ、人たらしだぜ。千香も今、胸キュンしただろう」

「いえ、胸キュンじゃなくてドキッとしました。ちょっと怖いみたいな感じもして」

「おや」と、コトリが唇を窄めた。

「怖いって、か」

「はい。気持ちを見透かされたみたいで、怖いです」

「けけっ、聞いたかよ、甲斐。おまえの人たらしの業も千香には効かなかったようだぜ」

効いていないわけではない。甲斐の口調には、適当な慰めも姑息な執り成しも含まれていなかった。本気の一言だったと信じられる。だから、励まされた。不安が少し軽くなり、両足を踏ん張れるように思えた。我ながら単純だとおかしくもあったけれど、甲斐が稀な励まし上手なのは事実だろう。確かに、相当の〝人たらし〟かもしれない。

甲斐は、千香が初めて恋を実感した相手だ。傍らにいるだけで幸せだと思えた。今は……今はどうだろう。〝恋〟とか〝好き〟とかとは、明らかに違う感情が胸の内にある。でも、惹かれる。その気持ちは変わらない。

惹かれるのだ。甲斐にも甲斐が築き上げようとしている場所にも、否応なく惹かれてしまう。惹かれて、昂る。未知の風景を目の当たりにしたときの昂りだ。その昂りそのものも、千香にとって経験のないものだった。甲斐の後ろにはいつも、新しいまだ見ぬ世界が広がっているみたいだ。

「他人をたらしこめるほど、おれ、器用じゃないって」

甲斐が苦笑する。それから腰を下ろし、パソコンの操作を始めた。もう、千香の方を見ようとはしなかった。千香はコトリに視線を戻し、小声で尋ねた。

「コトリさんはどうですか」

「うん？　何が」

「甲斐くんに胸キュンとなったんですか」

電話が鳴った。甲斐のスマホだ。小さなモバイルを耳に当て、甲斐はパーテーションの向こうに回った。その後ろ姿をちらっと見やり、コトリは自分の胸をこぶしで叩いた。

「まさか。あたしのハートは鋼鉄製なんだよ。そう簡単にキュンもドキドキもするもんか。人ってのは、特に男ってのは迂闊に信用するもんじゃねえって肝に銘じてもいるしな。用心するに越したこたぁねえさ」

「でも、甲斐くんに逢ったんですよね。一度は完全スルーしたのに」

そこがねえと、コトリが肩を竦めた。

「あいつの人たらしたる所以さ。無視してたら、甲斐から『アーセナル』に関しての資料が送られてきたんだよ。しかも、速達で。しかも、直筆の手紙付きで。しかも、勤めていた事務所宛に。まあ、あたしのマンションに直に送られてきたら、ほぼストーカーだよな。キモ過ぎてドン引きだわ。その点、会計事務所なら書類だの資料だのは、毎日、届いてるから誰も怪しまないし、ドン引きもしないけど」

「甲斐くんは、そこまで計算して送ってきたんでしょうか」

千香はイスに座り、少し屈んだ。

「背中、曲がってる！」

すかさず、コトリが指摘してきた。

「姿勢が悪いと、老ける。内臓に負担がかかる。肩が凝る。腹が出てくる。気分が落ち込む。いいことねえからな。ほら、ぴしっとする」

「はいっ」。背筋を伸ばし、腹部に力を込める。姿勢を正した千香に視線を走らせ、コトリは大きく頷いた。

「それでよし。で、何だっけ？　あぁ、甲斐のことな。計算なんかしてるもんか。ただ単に、あたしの住所がわかんなかっただけさ。でも、手紙はよかったな。綺麗な字だったし、内容が丁寧だった。何か、理解してもらおうと一生懸命なのが伝わってきた」

「それで逢う気になったんですか」

「いや、そんなに甘くない。このあたしが、手紙ごときに負けるわけがないだろうが」

「え、勝ち負けの問題じゃないと思いますけど。あ、でも、手紙でなければ、中身の資料に負けたんですね。コトリさん、それを読んで、甲斐くんに逢おうと思った、ですよね」

「……まあな」

「それで、甲斐くんと逢って直に話をしたら、速攻で引き受ける気になったわけですか」

「うん。甲斐と逢う前日、ショウワオヤジにグチグチ言われてたんだよね。『女のくせに』発言を連発しやがってさ、あれ、訴えたら、カンペキなモラハラだ。ひでえもんさ」

「そんなに酷かったんですか」

コトリの口元が歪んだ。笑ったのか、顔を顰めたのかよくわからない。

「ふふん、女はどんなに頑張っても男と同等に仕事はできないんだってさ。そこを弁えて働けだとよ。いつの時代の思考回路してんだよって、卓袱台をひっくり返してやりたかったぜ。卓袱台がないから我慢したけどさ」

「ほんとに……時代錯誤も甚だしいですね。そんな人がまだ存在してるんだ」

「ごろごろ、ごろごろ掃いて捨てるほどいるさ。昔より減ったとは、とうてい思えないね。あたしは男とか女とか関係なく、あたしの仕事を仕事として評価してくれるとこで働きたかったんだ。甲斐の手紙と資料からは可能性っての、何かいい匂いがしたんだよなあ。ヤバい系の甘ったるいのじゃなく、ほんとの可能性の匂い。あたし、自分の嗅覚に賭けてみようって思ったんだ。一から起業に関わっていけるのも、ちょいおもしろそうだったし」

「躊躇わなかったんですか」

「速攻、即決さ。甲斐と逢ったのが金曜だったから週明けには、辞表を出してた」

コトリの前の職場はだいたい見当がついた。時々、コマーシャルも流している大手の事務所だ。職場の環境、上司の言動はともかく、給与はきちんと出ていただろう。『アーセナル』に移ることとは、安定した収入を手放すこと……とは、考えなかったのだろうか。

「あぁ、くそっ。朝飯に食ったキャベツが引っ掛かってやがる」

コトリは抽斗から歯間ブラシを取り出すと、歯の間を磨き始めた。

「あっ、取れた。よかった、すっきりした。えっと、躊躇いとか、ほんとなかったね。給料面も含めて不安もなかったな。前の職場、女は男と同等に仕事はできないって断言しちゃうような所だからさ、給料がいいわけないじゃん。同期の男たちは知らない間に昇進しちゃって、あたしの一・五倍の給料もらってやがんの。それにもキレそうだったから、まっ、辞める潮時だったたね。ほんと、男女雇用機会均等法ってどうなってんだよ？　制定されたの、あたしの生まれる前だぜ。ったく、やってらんねえ」

コトリはバンザイをするように両手を上げると、指先をひらひらと振った。

「でもさ、千香」

「はい」

コトリの声音が聞き取りづらいほど低くなったので、千香はイスごと近寄った。前屈みにならないように気を付ける。俯くのも、背中を丸めるのもいつの間にか習い性になっていた。でも、このところ、かなり真っ直ぐに立っている。歩けている。さっきのようにまだ注意もされるけれど、背筋を伸ばす心地よさは、しっかりと覚え込んだ。

「マジで、あたしここに転職してよかったと思ってんだ。そりゃあ、給料はたいしたことないよ。今のところは、な。それも、来年あたりから改善されて、けっこういい待遇になるはずだし。やりがいがあって十分な給料が振り込まれてってサイコーだよなあ」

「待遇が改善されるんですか」

「されるさ。業績がよくなれば、スタッフに還元される。内部留保より賃上げ優先さ」

「業績がよくなると信じているんですか」

「もちろん」

「どうしてですか」

さらに、コトリに近寄っていく。

「コトリさん、どうして断言できるんです。信じられるんです」

正直、千香にはそこまで言い切る自信がない。『アーセナル』の活動に寄り添いたいとは、強く思っている。やりがいもある。けれど、アルバイト感覚が抜け切れていないのも事実だ。その感覚からすれば、十分な賃金を貰っている。でも、コトリは自分の生活を自分で支えている。パートナーはいない。一人で暮らしていると聞いた覚えがあるのだ。パートナーはいなくても支え合う誰か、支えねばならない誰かはいるのかもしれないが、踏み込んで尋ねる話でもない。個人投資家だと甲斐は言っていたが、『アーセナル』で得る報酬（ほうしゅう）は生活費のかなりの部分を占めるのではないか。投資だけで生きていけるなら、コトリの性格からして男女雇用機会均等法さえ守られない前職場など、とっくに辞めていたはずだ。

不安はないのだろうか。起業したばかりの会社へ転職する。そこに一滴の不安も生じなかったのだろうか。

「千香さぁ、甲斐のことどれくらい知ってんの」

不意に問われた。

「え？　あ、どれほども知らないです。幼馴染ってぐらいで……」

「幼馴染で初恋の相手かぁ。ベタっちゃあベタだね」

一気に頬が熱くなった。とっさに振り返ったけれど、甲斐はまだパーテーションの後ろから出てこない。スマホの向こうの誰かと、熱心に話をしている。

けらけらとコトリが笑った。

「あんた、ほんとわかり易いな。顔が真っ赤っかだぜ」

「コ、コトリさん、からかわないでください。は、は、初恋とかそういうんじゃ……」

「ないのかよ」

「……あります」

「へえ、認めるんだ。正直だね。けどさ、それだけ？」

「それだけって、どういう意味ですか」

今でも好きかと、そう聞かれている？

コトリがおいでおいでの仕草で、指を動かした。さらに近寄る。膝がくっつきそうだ。

「『アーセナル』の設計図、じっくり見たか」

「設計図？　あ……事業計画とかですか」

コトリが耳元で囁く。

「事業計画、資金調達方法、マーケティング、リスク管理、そしてネットワーク」

コトリが一本ずつ、指を折っていく。

「はい、目を通しました。でも、正直、あたしには理解できないところもたくさんあって、それで、自分に関わるデータの整理と分類の部分だけ精読したって感じです。あたし、デジタルにも経済にも、まして経営とか投資とか疎くて……」

「すみません」と出掛かった言葉を呑み下す。謝るところじゃない。

「そう、甲斐に伝えた？」

「伝えました。送ってくれた資料のほとんどが理解できなかったって」

「で、甲斐は何て？」

「質問されました。データの整理と分類について、どう思うかって。それで、あたしなりに分類方法とかをしゃべったんですけど……」

パチッ。コトリが指を鳴らした。驚くほど、いい音がする。

「それで十分って言ったんだろう、あいつ」

その通りだ。「それで十分だ。何もかもをそつなく熟すスタッフが欲しいんじゃないんだから。川相には川相にしかできないことを頼みたいんだ」と、言われた。

コトリの指がもう一度、鳴った。さっきより、さらに響く。

「〝TALK〟や〝HELP〟の部屋を設けるっての、千香のアイデアだったよな」

「あ、はい。でも、あの、ほんとに、ふっと思い付いたんです。アイデアとか提案とか、そんなかっこいいものじゃなくて、投稿してくる人たちがわかり易いかなと思って、えっと、それに、あたしも整理し易くなるかと……」

「いい提案だったよ。リアルに役立つ提案ができるのもすげえけど、それをリアルに使えるようなシステムを作るのもすげえさ」

「システム」と繰り返し、コトリは握り込んでいた指を開き、また一本一本折っていく。

「事業計画、資金調達、マーケティング、リスク管理、ネットワーク、さらにシステムの構築。甲斐はこれをきっちりやり遂げた。最初はどっかのコンサルティング会社とつるんでるのかと思ったけど、そうじゃねえんだよな、これが」

「甲斐くんが一人で創り上げたんですか」

その辺りの話を詳しく尋ねたことはない。尋ねようにも、千香の知識では何をどう質問すればいいのか見当が付かなかったのだ。

「一人じゃねえさ。陽太だっていたし、謎の赤瀬氏とやらとも外部メンバーつーか、協力者みたいな形で繋がってる。他にも赤瀬氏AとかBとかCとかDとかいるみてえだしな。さっきも言ったけど、甲斐は天才さ。人材のネットワークを創り出す、な。その人の今の能力だけじゃなくて、将来的な可能性みてえなものも見通して人を集められるんだ。千香なんて、その最たるものじゃないのかな」

「あたしが……ですか」

「そっ、どう化けるかお楽しみってとこ」

そこで両肩を竦め、コトリは首を横に振った。

「まぁ、化け損ねることもあるけどね。どれほどポテンシャルがあったって、そんなの地中の金鉱と同じ。掘り当てなきゃ意味ないし。でも、せっかく、発掘現場になりそうな職場を見つけたんだ。がんがん、掘りまくろうぜ。千香の可能性は地下にある。なーんちゃって、オヤジギャグでごめん」

「しかも、昭和バージョンのダジャレですね」

「そこで、突っ込まんといて。マジ、かなわんわぁ。ふふ、でも、あたし、『アーセナル』は上手くいくと思うよ。ちゃんと生き残るさ」

「甲斐くんが天才だからですか」

「天才一人の力で成り立つ会社なんてねえよ。スタッフの質がいいからに決まってんだろ。人を見る眼の確かさも、甲斐の天才たる所以かもしれないけどさ。あっ、でもしゃべり過ぎた。仕事、仕事。お仕事しましょっ」

「はい」

コトリと顔を見合わせ、笑みを浮かべ頷く。

そうだ、片付けなければならない仕事がたくさんある。

よし、やるぞ。千香が心内(しんない)で気合を入れたとき、電話が鳴った。固定電話だ。千香が手を伸ばすより前に、コトリが受話器を取る。

「はい、お待たせいたしました。『アーセナル』古藤が承ります……は？　はい……はい、はい、あの、大変失礼ですが、お名前を教えていただけますでしょうか。はい？　あ、いえ、そういうわけではございません。はい、お気に障ったら、真に申し訳ございませんでした。ただ、仰っていることが……はい、はい、はい、それは些か誤解が……いえ、そうではなくて、こちらの説明を聞いていただければと思いまして。はい、わかりますが……あの、もしよろしければ……ええ、はい、そうですね。お出でいただけるなら、お待ちしておりますが。当方もスタッフが出払ってしまう場合もございまして、あらかじめご連絡くだされば助かります。え？　いえ、そんなつもりでは……もしもし、もしもし……。おい、勝手にかけてきて勝手に切るなよ、馬鹿野郎が」

大きく一つ、息を吐き出すとコトリは放り出すように受話器を置いた。

「ったく、気の短えおっさんだぜ。何を苛ついてやがんだよ」

コトリが舌打ちした直後、甲斐がパーテーションの陰から出てくる。頬が仄かに紅い。

「甲斐くん、いい電話だったの」

「え、わかる？」

「うん、何となく。嬉しそうに見えたから」

「え、川相、すげえな。すげえ勘の鋭さだよな」

「おまえが、わかりやす過ぎるんだよ」

コトリがさらに舌を鳴らす。

「えっ、そうかなあ。そんなに、わかりやすい顔してるかなあ」

甲斐は手のひらで自分の頬を軽く撫でた。

「で、なんだよ。いいことってのは」

「うん、今度、大手学習教材会社や日本小児科学会、ＩＴ企業が中心になって、かなり大がかりなシンポジウムを全国八か所で開催予定なんだってさ。こども家庭庁や文科省も関わってるらしい。というか、そっちが主力になってるのかもな」

「ふーん、それでコンセプトは」

「少子高齢化社会における子どもの未来を探る」

「うわっ、今更かよ。二十年遅いわ」

「遅いな。でも、何にもしないより何かした方がいいと考えたんだろうな」

「誰が？」

「偉い人が」

甲斐は人差指を立て、上に動かした。

「何だよ、それ。少子化対策やってますのパフォーマンスじゃねえか。くだらねえ」

甲斐はコトリと千香の間に視線を走らせた。

「くだらなくないようにすればいいだろ」

「はん？」コトリの眉がそれとわかるほど、吊り上がった。

「くだらねえで終わらせたら、そこまでじゃないか。やってますパフォーマンスを現実的な成果がでるものまで高める。『アーセナル』が加わることで、それを可能にできたら、けっこういい仕事だと思うけどな。かなり宣伝にもなるだろうし」

千香は背筋を伸ばし、甲斐と視線を絡ませた。

「『アーセナル』は、どういう風に関わるの」

「まだ、はっきりとはわからない。けど、子どもたちの生の声と共に、その声に対しての周りの反応を知りたいってことだったから、〝ＳＱＵＡＲＥ〟のデータの活用方法を具体的に検討する方向に行くと思う」

だとしたら、あたしの仕事だ。

千香は我知らず指を握り締めていた。

「今、電話があったのは実行委員会の事務局からだったんだけど、詳細はこれから詰めていくので、一度、直に会って話がしたいと言われた。おれが上京するか、その機会がなければ向こうから出向くって」

「ふーん、かなり、やる気じゃん」

コトリは顎を引き、目を細め、値踏みするような表情を作った。

「うん。事務局の人、長谷屋さんって女性だったけど、『アーセナル』のことはずっと気になっていたと言ってくれたよ。立ち上げてすぐから注目していたって。去年までは経産省に勤めていて、若者向けのスタートアップ企画にも携わっていたから、助成金をもらうための、おれのプレゼンも聞いていて、それを覚えていてくれたんだ」

「よほど印象的だったんだね」

「うん、一生懸命しゃべってるんだけど、もたついてて、危なっかしくて、息子の発表会を見てるようで、ずっとはらはらしてたとか言われちゃったよ。あっ、でも、立て板に水の弁論より内容的にはずっとよくて、胸に染みたとも言ってくれた。長谷屋さん、小三と小一の男の子の母親なんだ。だから、子どもの問題にはずっと関心があって、余計に染みたって」

パーテーションの裏側で、そんな話をしていたのか。

声さえ聞いたことのない事務局の女性に、心が動く。

「けどさ、データの活用方法って簡単に言うけど、個人情報の管理もあるんだぜ。ほいほいデータ化してお渡ししますってわけには、いかねえからな」

コトリの口調は冷静で、さほど心は動いていないようだ。

「あたし、やります」

握り込んだ指に力を込める。甲斐とコトリが見詰めてきた。

「データの整理、やります。各セクションごとに分けてあるので難しくはないです。個人情報は〝ＳＱＵＡＲＥ〟に入ってくる時点で、徹底的に管理されて安全なはず、いえ、安全なようにさらに徹底します。それで、えっと、ＡＩやあたしたちが弾いたコメントもデータ化します。やらせてください」

　子どもなんだからしかたない。子どものくせに知った風なことを言うな。気の毒だけど諦めた方がいいよ。はっきりいって無駄な努力だな。おまえらは無力で低能な生き物なんだから、そこを自覚すればいい。いいですか、大人になるということはね……。

　あのコメントが発せられた。それも現実だ。データの内に現実を落とし込む。

　できると思う。やってみる意味はあると思う。やってみたい。

「えー、けどさ、従来の仕事プラスになっちまうぜ。できるだけ手伝うけど、あたし、コンピューター系、まったく駄目だから役に立つとは思えねえしなあ。甲斐も陽太も、けっこう、いっぱいいっぱいだろ。つーか、甲斐、この話、引き受けたわけじゃねえんだろ」

「もちろん。もう少し内容がわからないと引き受けたくても受けられないさ。それに、『アーセナル』の方向性を勝手に決めるわけにはいかないだろう」

　コトリが突然に口笛を吹いた。指ほど綺麗に鳴らない。途中で掠れて消えていく。

「そっかぁ、甲斐は引き受けたいんだ」

「あ、いや……うん。このシンポジウムを一過性のイベントに終わらせないで、未来を具体的に考えて作っていけるきっかけにできないかなと思ってる。そこに『アーセナル』が関われる道があるなら探りたいなと……。長谷屋さんも同じ意見で、官民一体となった持続的なプロジェクトを組みたいって。後で、詳しくメールするって言ってくれた」

「ははん、前向き思考でけっこうだけど、目の前には厄介事がごろごろしてるぜ」

コトリはコードレスの受話器を摑むと録音再生ボタンを押した。

男の怒鳴り声が飛び出してくる。

あまり若くはない。濁りがある。その分、太くて重い。

「うわっ」と、甲斐が後退(あとずさ)った。

「コトリ、これって……もしかしてクレームか」

「もしかしなくてもクレームだよ。しかもガンガン系。そうとう、お怒りのご様子だぜ」

引きこもりだと。学校にも行かない。社会に出て働くのも嫌。そんな、どうしようもない輩(やから)の気持ちなんて尊重する必要があるのか。

少し落ち着いたら、自分がどうしたいか表現してみたらどうだ？　ふざけるな。どこまで甘やかしたら気が済むんだ。

名前を教えろだと。生意気だぞ。

うるさい。口答えするな。

最後まで聞き終え、甲斐が息を吐き出した。

「この人、何に腹を立ててるんだろうな」

「わかんないね。ただ怒鳴ってみたかっただけかもしれないし」

「けど、電話を掛けてくるとは律儀だな」

「ＳＮＳが苦手なだけじゃねえの。それとも、マジで大声を出したかったのか。誰かに相手をしてもらいたかったのか。どっちにしても、いい迷惑だよな。まったく、好きなだけ喚き立てやがって。鼓膜が痛くならぁ」

　コトリは、耳を穿った小指の先に息を吹きかける。

「このクレームもデータに加えます」

　千香が言うと、小指を立てたまま瞬きした。

「同じようなクレームがネットの方にも届いています。こんなに過激じゃないけれど、不登校や引きこもりを肯定しないで欲しいって。クレームというより嘆願みたいな感じでした。その人、息子さんがもう二十年近く引きこもっていて、未来が全く見えなくて、今の状況をとても肯定なんかできない。そんな内容でした。クレーム欄に入っていましたから、オープンにはしていません。他にも教育委員会を名乗るところから、二件、子どもの居場所づくりについてのやりとりに苦情がきています。どちらも家庭や家族の扱い方が軽すぎるという趣旨のものでした。本当に教育委員会かどうかは、怪しい気がします」

「それ、おれんとこに送ってくれる。で、川相はクレームのカテゴリーに入ったものも、不適切として弾いたものもデータ化するつもりなんだ」

「はい。それらも『アーセナル』が広げた波紋ですから。押さえておきたいと思います」

『アーセナル』が存在したからこそ、吐き出された想い、揺り動かされた感情、明確になった思考だ。それが、クレーマーによる攻撃に過ぎなくとも残しておくべきだと思う。

パソコンを使いこなせているなんて到底、言えない。戸惑うことも振り回されることもある。でも、やってみたい。

「千香、やけに滑らかじゃん」

コトリが笑った。

「え？　滑らかって？　肌ですか」

「あほか、肌が滑々なのは当たり前。その若さでシワシワだったらどうすんだ。違ぇよ。物言いだよ。物の言い方。全然、つっかえないじゃん。やけに堂々としてる」

「あ……いや、そう言われてみると……」

途中で口ごもらなかった。理解してもらうことを気にするあまり言葉を見失う。そういうことがなかった。思案の中身を真っすぐに伝えられた。

自信があった。

あたしはやれる。そういう自信だ。身体中が火照っていた。鼓動も少し速い。

その勢いのままに告げる。

「あの、さっきメールが来たんです。A市の図書館とE大学からです」

甲斐とコトリが顔を見合わせる。それから二人同時に頷いた。

「共有ファイルの中に入ってたやつ？　まだ見てないけど」

「あたしも未読。けどさ、何だよ、図書館と大学って。やけにお堅いとこじゃん、まっ、少子高齢化社会の子どもの未来ナンチャラカンチャラも相当、お堅いけどな。で、それがなによ。お堅いところが何を言ってきたのさ。会話の流れから読むと、新手のクレームっぽいな」

「いいえ、違います。図書館も大学も『アーセナル』の活動についての問い合わせ、というか相談でした。大学の方は教育学部の授業に〝SQUARE〟のデータを使いたいという依頼でした。で、あの、図書館の方は、えっと……」

　コトリが心持ち唇を尖らせた。

「何で急にもたつくんだよ。ふーん、つまり千香個人に関わってるってことか」

「あ、はい。個人というか、その……えっと、館長さん、榎田さんて方なんだけど、その方、図書館の一部を子どもたちの場所にしたいと考えていて……」

「けどさ、図書館って子どもたちの場所でもあるわけだろ。子どもコーナーみたいなの、大抵の図書館には、あるし。今さら？　って、感じなんだけど」

「あ、それは、図書館と隣接している建物を使うみたいな……それで、図書館の開館時間内は子どもたちの出入りは自由にするらしくて……」

「ああ」と甲斐が指を鳴らした。コトリほど響かない。

「子どもたちの居場所か。本の貸し借りとは別に、子どもたちが好きに居られる場所」

「そう、そうなの。あの、榎田さんのメールを見てくだされば詳しいことが……」

「駄目」

コトリが手のひらを千香に向けて、かぶりを振った。

「あたしは千香から聞きたいの。千香に関わってる案件なんだろ」

ちゃんとしゃべれとコトリは言っている。

無理強いなんて、絶対にしない。でも、しゃべれるならしゃべろうよ、生の言葉で。千香、しゃべれるじゃん。

声にしない声が耳に届く。


子どもたちを見ていると、生の言葉にさらされていないなあと感じることが多くなりました。言葉での直接のやりとりの機会がどんどん失われていく、そんな実感があります。

これは、学童保育に長く携わっている友人（高校のときからの付き合いで、親友です）とも話したのですが、年々、子どもたちが自分の想い、感情、調子を他者に伝えるのが下手になっている気がしてならないのです。むろん、昔から口下手な子も引っ込み思案の子もたくさんいました。ただ、それはその子の個性であって、今の子どもたちの状況とは違っている気がするのです。いや子どもだけでなく、大人にもその傾向はみられます。「好きだ」「嫌いだ」「愛している」「憎んでいる」「一緒にいたい」「離れたい」「みんなといたい」「一人になりたい」そういう想いすら、言葉にできないのです。

大人はともかく子どもは深刻です。自分の身体の調子が悪いこと、心が傷ついていること、それを外に出せずに悪化させていく子が増えています。これも実感です。出せない要因は様々でしょう。心が萎縮（いしゅく）している子、表現に必要な言葉を知らない子、何を言っても伝わらないと諦めている子……ほんとうに様々です。

とりとめなく、書き連ねましたが、貴社『アーセナル』の〝SQUARE〟を拝見し、ずっと考えていました。自分の悩みや抱えている問題を言葉にして訴える。それに、言葉で応じる。この空間を現実の中にも作れないものかと。とくに、タンポポタヌキさんへの、本の選定には感心しました。さっきの、ウタくんへの対応にもです。

あのやり方は、パソコンのネットワークを駆使してできること（わたしは、デジタルには疎（うと）い方です）でしょうが、それをうちの図書館の一角、子どもたちが好きに集まってこられる場所でも、できないでしょうか。もちろん、規模は小さくなりますが、リアルなやりとりには繋がる気がします。

一度、ご相談させていただきたいのです。一方的に、しかも長々と申し訳ありません。

榎田のメールの内容を何とか二人に伝える。

「うーん」とコトリが唸(うな)った。

「それ、『アーセナル』の活動と関わってくる？　なーんか、畑違いじゃね」

「関係はあると思います」

思わず身を乗り出す。指先が当たり、空のグラスが倒れた。

「あの、おしゃべりを思いっきりできるリアルな場って大切だと思います。あの、えっと、あたしも、しゃべるのって苦手とか思っていたけれど、ここで、甲斐くんやコトリさんや稲作さんとしゃべっていると楽しいと思うこと、いっぱいありますから。子どもたちに、しゃべったり、聞いたり……えっと、本の読み聞かせをしてもらったり、自分がしたりとか、そんな言葉を使うことが楽しいって思ってもらえたらいいなと……」

「だからぁ、それ、どうやって作るんだよ。今の『アーセナル』はネット空間だからできるんじゃねえか。子どものおしゃべりに付き合ったり、悩みを聞いたりをリアルにやろうとしたら、相当なマンパワーがいるぜ。そんなん無理っしょ」

「いや、川相は無理とは考えてないみたいだぞ、コトリ」

コトリが目を眇(すが)め、甲斐を見やる。それから、視線を千香に移した。

「大学と連携したらどうでしょう」

短く告げる。コトリと甲斐がもう一度、顔を見合わせた。

「大学って、授業にうちのデータ使いたいって言ってきたとこ？」

「はい。E大学の他にも、先週ですが、隣の市とW市の大学からもデータ使用の問い合わせが来てました。その大学の学生たちに協力してもらったらどうでしょう」

「うーん」と、今度は甲斐が唸った。

「リアル空間での結び付きか。いずれはと考えてたけど、こんなに早いとは……。けど、ネットと違って明らかな悪意とか誹謗中傷とかのマイナスコメント弾けないだろう」

「ええ、それはできないけど、でも匿名を使って正体を隠せるネット空間と違ってリアルな場って、自分をさらすことになるわけでしょ。悪意が剝き出しになるの、ある程度、抑制されると思うんです」

「そりゃあ、甘いよ。千香」

コトリが手を横に振った。

「イジメの舞台は、リアル学校が多いじゃん。ネットだろうがリアルだろうが人が集まれば、悪意やら嫉妬やらがぴょこぴょこ顔を出し易くなるんじゃね」

一理ある。千香自身、〝学校〟という場で傷ついてきた。でも……。

「榎田さんの言う子どもたちの居場所と学校は別のものです」

「だからといって、悪意絡みのごたごたが起こらないなんて言い切れねえだろう」

「言い切れません。起こったときはそれをデータに残します。具体的にどんな発端でどんな経緯で起きたのか、どんな状況なのか。スタッフは何をきっかけにごたごたに気が付いたのか、どう対処したのか等々、データファイルに残し、ゆくゆくは〝学校〟のイジメへの対応などと比較してみます。教育学部の学生さんたちに協力してもらって、まとめますから」

甲斐がゆっくりと瞬きをした。コトリは短く口笛を吹く。

「なるほどね。そこまで考えてんだ、千香は。まぁ、おもしろいっちゃあおもしろいかも、な。意外に商売になりそうな気もする。どう思う、甲斐？」

「うん、おもしろい。比較することで、学校の対処方法の問題点なんかが浮かんでくることもあるかもな。そうなれば、データとしては貴重だ。改革につながるものになるよな」

甲斐の口調が引き締まる。

「あ……あの、そ、そんなに大きな話じゃなくて、えっと、もしかして、そんなことができたらと思って……」

コトリが両手を広げ、かぶりを振った。

「ほらほら、また、千香の悪い癖が出た。さっきまでばしっと決まってたのに、周りが感心すると、とたん縮こまっちまう。まったく、苛つくぜ。やりたいことが、はっきりしてるんだったら、堂々と言えよ。でないと、誰にも伝わんねえぞ」

「堂々とじゃなくて、いいよ」

甲斐がさりげなく口を挟んできた。

「川相らしく縮こまりながらでいいよ。諦めたりしなけりゃいいんだ。川相の意見、ほんとに、おもしろいと思う。やってみる価値は十分にあるはずだ」

「そこんとこには、あたしも同意する。陽太も、同じだと思うぜ」

「じゃ、決まり。川相、頼むな」

甲斐がパチッと指を鳴らす。その音が身体の内で美しく響く。そんな気がした。

「はい。榎田さんと連絡を取って、大学側とも交渉してみます。あ、その前に榎田さんの図書館に行ってみようかと考えていて、子どもたちと逢ってみようかなって」

「逢ってどうすんのさ」

コトリが横目で見てくる。

「本の話をしたくて……。あの、あたしが読んできた本の紹介みたいなのできないかと、あの、考えてて……あっ、もちろん、『アーセナル』とは別の、お休みの時にします」

「勤務時間でいいよ」

甲斐が言った。そして、にっと笑った。

「川相、昔から図書館とか図書室、好きだったよな」

「うん。あたしにとっては特別の場所だったから。そういう場所で何かできるなら嬉しいし、何かできないか考えるのも楽しい」

「ちょっと、待ったぁ」

コトリがまた、手のひらを突き出した。

「待て、待て、待て、いいか、千香、そっちは商売になる話か？　『アーセナル』にとって儲けになる話か？　榎田なんちゃらの件、学校とデータ云々とは、毛色が違ってくるぞ。そこんとこ、どうよ。うちは企業なんだ。利益が出ない話には好きだろうがスキーだろうが乗るわけにはいかないぜ」

「コトリさん、ショウワのギャグです。しかも、かなりスベってます」

「スキーだけに、な。なんて、笑って誤魔化そうとしても無駄だからな。あたしは経理担当として採算のとれない企画には反対する。で、今の千香の話からは、全く儲けの匂いがしてこない」

コトリの形のいい鼻がひくひく動いた。

「現場と大学を結ぶモデルケースを作ります」

「うん？」

「モデルケースです。学生にとっても実践的な活動の場になると思うし、現場も図書館だけでなくて、学童保育とか、小・中学校とかと結び付けていって……えっと、その結び付ける役を『アーセナル』が担えばどうでしょう。つまり、えっと、プランナー活動みたいなことになるのかも……」

「うーん、イマイチ、ピンとこないねえ。プランナー活動の部類に需要がある？」

コトリはとんとんと攻めてくる。

「わ、わかりません。さっきメールもらって、あれこれ、か、考えただけなので……あの、ですから、一度、子どもたちとの活動やってみたいなと……」

攻められれば攻められるほど、千香はしどろもどろになっていく。それでも、ぎりぎりで踏ん張りたい。さっきの学校とのデータ比較のようにすんなりと認められなくても、問い詰められても、顔を伏せないでいたい。

「いえ、やってみます。それからプラン、纏めてみます」

「一人でやれる？　あ、プラン云々じゃなくて、子どもたちの方。川相って、そういうの得意？　あ、いや、駄目と言ってんじゃなくて、ネットとリアルでのやりとりって全然、違うから一人で大丈夫かなって思ったんだけどな……」

甲斐のたどたどしい問いかけに、千香は真顔で頷いた。

「誘いたい人が、一人いるんです。今夜にでも声を掛けてみます。もしかしたら助けてくれるかもしれません」

「アルバイトとか、そういうの無理だから」

コトリがぴしりと言い切る。

「これ以上、人件費は出せない。今は極力、支出は引き締めたいんだから」

「はい。そこもちゃんと話をします。バイトじゃなく来てくれるかもと思ってます」

「それ、千香の願望じゃね」

「願望です。確信じゃありません。でも、確信がなくても動いてみます」

「迷ったら進めってか。わかった。じゃ、ランチぐらいは奢(おご)ってやんな。ランチ二人分、税込み二千円以内なら経費として認める」

指を二本立てたコトリに向かい、頭を下げる。

「ありがとうございます」

ほっと吐息が漏れた。頭の隅で閃(ひらめ)いた思案を口に出す。これまでの自分なら、たぶんできなかった。下準備をして、下調べをして、絶対に大丈夫との確信がない限り提案なんかしなかった。できなかった。

確信がなくても動いてみます。

あんな台詞がこの口から出てくるなんて信じられない、でも……。

千香は胸を押さえた。

ここが軽い。ウタのことを考え現実の重さに怯(ひる)んでいた気持ちが、ほんの少しだが緩んだ気がする。動いた先に自分なりの武器を摑めるかもしれない。そう思えた。そして、面影が一つ、浮かんできたのだ。

コトリが両手を伸ばし、大きく伸びをする。

「うー、気持ちいい。それにしても、千香ってあれこれ思い付きの人だったんだな。いや、地頭がいいやつって、マジ使える。けどよ、ぅちらもますます忙しくなるな。覚悟しとこうぜ、甲斐」

「……だな、ぅん？　何か言った？」

コトリが露骨に顔を歪めた。

「ずうっと何か言ってるよ。黙々と働くっての性に合わないからな。で、そっちは何を考えてたんだよ。いつにも増して、ぼけっとしやがって」

「うん、さっきの川相の言ったことで……」

「千香はがんばって、あれこれ長くしゃべったぞ。どのあたりだよ。バイトあたりか」

「その前。プランナーのところ。長谷屋さんのシンポジウムの件、もう少し絡んでみるか」

コトリの口元がひくりと動いた。それだけで、何も言わない。

「つまりさ、〝少子高齢化社会における子どもの未来を考える〟のシンポジウムを」

「未来を探る、だよ」

「あ、そう。それをただのパフォーマンスに終わらせないために、プランニングする。そこに『アーセナル』が関わっていけるよう、やってみようか」

コトリの眉が八の字になる。眉間に深い皺が二本、くっきりと刻まれた。しかし、無言だった。黙って甲斐を見詰めている。

「もちろん、全部は無理だ。でも、八か所の内の一つだけでも深く関わっていけたら、『アーセナル』がプランニングできたら、どうだろう。ただのイベントじゃなくて、現実が動くきっかけにする。そういうのできるんじゃないかな」

「甘いねえ。そう、上手くいくもんかよ。正直、うちに声が掛かったのは、甲斐が十代の起業家ってポイントが高いわけで、要するにそこもパフォーマンスなわけじゃね。文科省もこども家庭庁も期待なんてしてねえよ」

「期待なんていらない。そんなもの欲しいわけじゃないだろ」

「まあな、金は欲しいけど、なかなか転がり込んできてくれねえからな。ただ、ちょいといい匂いはするな」

コトリが下唇を舐める。そのあと薄笑いを浮かべた。

「さっきの千香の提案より、ずっと金儲けの匂いがする。あたしの大好きなやつ」

「コトリの嗅覚が捉えたなら、期待できるな」

「だから甘いっつーの。本気かどうかは別にして、政府肝入りのイベントってことだろ。そこのプランニングに食い込むって、なかなかだぜ。実績とか言われるだろうし、プランの中身だって半端じゃ受け付けてくれねえだろうしな。うん？　何だよ、甲斐。その指三本は何の意味よ？　Vサインなら二本だぜ」

「違うよ。うちの強みは少なくとも三つはあるってこと」

コトリが千香に顔を向ける。千香は首を横に振った。

三つ？　なんだろう。

「一つは、コトリが言った通り、おれの十代の起業家ってスタンス、二つめは『アーセナル』の事業内容と蓄積したデータ、そして、三つめは」

「うん、三つめは？」

コトリが身を乗り出す。千香も首が前に伸びた気がした。

「川相がやろうとしている実践。ネット情報を扱うだけではなく、地元密着型のリアルなプランニング活動もしていると主張できる。さらに、学校とのデータ比較という、けっこう大きなテーマがあるし、絶対強みになる」

「えぇっ」。千香は伸ばしていた首を縮めた。甲羅の中に引っ込む亀の気分だ。

「あたし、まだ何にもやってないよ。結果出してないし。これからだよ、甲斐くん」

「これからで十分、間に合う」

「で、でも……責任重大で、重大すぎて……ちょっと」

怖い。甲斐が軽くかぶりを振った。

「川相、やる気満々なんだろ。リアルで結び付く場所作りも、モデルケースも」

「それは、やりたい」

「だったら、やってみよう。『アーセナル』としてもできる限りのバックアップはするから。責任とか義務じゃなくて、やりたいことができるなら、その可能性にかけてみる。ベンチャー企業の魅力の一つでしょ、川相が本当にやりたいのなら、だけど」

甲斐が真顔になる。真剣な視線が千香を射た。

あ、あたし問われているんだ。

本気で『アーセナル』の仕事に向き合えるのかどうか、問われている。

「はい。やらせてください」

顎を上げ、少し挑む口調で答える。

「甲斐も千香も大雑把（おおざっぱ）でいいからプラン表を出してよ。あたし、ざっと試算してみる。うひっ、何か楽しい。わくわくする。ああ神さま、この金の匂いが本物でありますように」

コトリが祈るように指を組んだ。

「わかった」

甲斐が親指を立てる。

「ここまでの話、陽太が帰ってきたら四人で話し合おう。川相はデータの整理を頼む」

「はい」

「二人ともプラン表は明後日（あさって）までに出せよな。チョー忙しいけど、千香、大丈夫」

「大丈夫です。あたしもわくわくしてます。がんばります」

「頼もしいじゃん。陽太にもバンバン仕事振らなきゃならねえな。あれ、そう言えば、陽太、遅くない？　セミナーはとっくに終わってるよな」

「ああ、そうだな。次の予定もあるのに帰ってこないな。連絡してみるか」

甲斐は個人用のスマホを取り出し、耳に当てた。千香はパソコンに向き合う。

声がある。言葉が躍る。意見、訴え、悩み、心配、不安、喜び、孤独、知識、経験、忠告、想い……人の抱えるあらゆるものが渦巻いている。そう感じてしまう。体温も血流も筋肉も持たないデジタル機器の内に人間が存在しているとも、感じてしまう。今まで以上に強く感じる。ここにあるデジタルデータが現実の人たちに繋がっていく。その実感が生々しいほど迫ってきた。『アーセナル』をかけがえのないものだと改めて思う。わくわくする。緊張する。重さも怖さも覚える。でも、やはり、わくわくするのだ。

隣ではコトリがパソコンの画面に数字を打ち込んでいた。かなりの速さだ。ときどき、思案するかのように首を傾げる。傾げながらも指は動いていた。

「えっ、どういうことだ？」

甲斐の声が響いた。

「え……いや、おれ一人で大丈夫だけど、どうしたんだよ、急に。え？　おい、陽太」

スマホを耳から離し、甲斐は眉を寄せた。

「稲作さん、どうかしたの？」

「うん。午後の予定、全部キャンセルするって」

「はぁ？　あいつ、何言ってやがんだ」

コトリも眉を顰（ひそ）める。甲斐よりずっと迫力のある渋面ができあがった。ふわふわした外見と表情のギャップは、何度目にしても相当なものだ。

「体調でも悪いんじゃないですか」

「あいつの体調は日本経済の百倍は安定してるね。鼻風邪さえひかないって、自慢してたぜ。あたしが花粉症なのを笑いやがったし。甲斐、キャンセルの理由はなんだ？」

「言わないんだ。はっきりしたら話すって。珍しく、慌ててる様子だったな」

千香はコトリと顔を見合わせていた。

「はっきりしたらって、どういう意味だよ」

コトリが呟（つぶや）く。千香は首を傾げた。それより他の動作はできなかった。

仕事のキャンセルの理由？　それなら、キャンセルした本人が一番よくわかっている。

はっきりさせる必要なんてない。

「稲作さんが仕事をキャンセルしたことって、これまで一度もなかったはずです。あたしの知っている限りでは、ですが」

「あたしの知る限りでも、ないね。それに、あいつが慌てたとこも見たことない」

「……ですね」

もう一度、顔を見合わせる。眉間に皺を作ったままコトリの表情は、硬い。

甲斐がスマホを仕舞い、誰も座っていない陽太の席に視線を向けた。

3

その日、陽太は帰ってこなかった。千香が『アーセナル』にいた間には、だが。

連絡もなかった。

「どうしちゃったんだ、あいつ」

コトリが舌打ちしたけれど、その音はいつものように響かず、直ぐに消えていった。

甲斐から短いメッセージが届いた。


陽太、今、帰ってきた。

ほんとに。よかった。どんな様子?

めちゃくちゃ疲れてるみたいだ。ほとんど口をきかない。

何があったか、わからない?

とりあえず風呂に入って、寝たいって。何にも言わない。

そうか。でも無事でよかった。話を聞くのは明日だね。明日じゃなくて、もう今日か。
そんな時間？　ほんとだ、日付が変わっている。遅くにごめん。おやすみ。
おやすみなさい。

スマホを置き、ベッドに寝転ぶ。

よかった、稲作さん、何事もなかったんだ。

何かはあったのだろう。けれど、命に関わることではなかった。多分、ちょっとした揉め事か連絡の行き違いがあった。それだけのことだ。

「ごめんねぇ。みんなに心配かけちゃって」「誰も、おまえの心配なんかしてねえよ、自惚れんな」「うわっ、ひどい。千香ちゃんは心配してくれたよねえ」「だから誰もしてねえって」。コトリとそんなやりとりをした後、「実は、昨日はさぁ……」と、陽太独特の口調で、丁寧過ぎるほど丁寧な説明をしてくれる。その後、銘々が納得したり、咎めたり、質問したりする。それで、お終いだ。

　ベッドの上で深呼吸を繰り返す。冷房がほどよく利いた空気が気道を滑っていく。千香も疲れていた。心地よい疲れだ。自分がやれる、やりたい仕事をしている。その高揚感を力にして、働いた。明日も働く。「千香、先は長いぞ。アクセル全開じゃもたないよ」と、コトリに二度も注意された。

起き上がり、肩を大きく回してみた。ゴリッと音がした。生まれてはじめての経験だ。かなり凝っているらしい。肩は回すたびに奇妙な音を鳴らした。

どうしてだか、おかしい。

何もかもが笑いに変えられそうな、上手くいきそうな気分になる。

上手くいく？　コトリではないが、そんなに甘くはないだろう。

置いたばかりのスマホを確認する。三時間前に彼女に送ったラインは既読の文字が付いている。でも、返事は来ない。まだ、来ない。

クーラーの微(かす)かな音を聞きながら、千香は唇を噛み締めた。


「おはようござい……」

朝の挨拶(あいさつ)が途中で途切れる。

今日も晴天だ。乾いて涼やかな朝の風が吹き込んできて、滲(にじ)んだ汗を拭きとってくれる。

「おはよう」

甲斐が軽く手を上げた。いつも通りの穏(おだ)やかな表情と口調だった。ただ『アーセナル』の雰囲気はいつもと違う。強張(こわば)って、硬い。

陽太が自分の席から、ちらりと千香を見た。

「千香ちゃん、おはよっ。今日も暑くなるってさ」

これもいつも通りの軽い挨拶を返してくる。いつも通りに思えるけれど、いつも通りではない。この時間に、陽太が机に座っているなんて珍しい。たいていは、ソファに座ってコーヒーを飲んでいるか、スマホをいじっているかだ。

何より、空気のこの張り詰め方はなんだろう。

陽太がため息を吐いた。妙に重い。

「何か……あったんですか」

おそるおそる尋ねたとき、背中を押された。それほど強くはないけれど、後ろに全く意識がいってなかった分、不意を突かれた恰好になる。千香は一、二歩前によろめいた。足を踏ん張り、転倒だけは何とか免(まぬが)れたが、肩にかけていたトートバッグが外れ、床に転がった。

「あ、あ、やっちまった、ごめん、ごめん」

コトリがトートバッグを拾い上げ、拝むように手を合わせた。今日は白い袖なしのワンピースの上に草色のカーディガンを羽織っている。ふわりと広がったスカートの裾(すそ)にもカーディガンの胸元にも小さな花の飾りが散っていた。

「マジ、悪かった。千香が突っ立っていたから、つい悪戯(いたずら)しちゃったよ。ほい、バッグ」

「ありがとうございます。コトリさん、今日は早いんですね」

「そりゃあね。あたしだって気になるものは気になるからさ」

千香の横をすり抜け、コトリは大股で陽太に近づいていった。

「ちょっと、陽太」

「なんだよ」

「なんだよ、じゃねえよ。昨日はどうしたのさ。明け方まで何やってたんだ」

「明け方じゃないし。十二時ぐらいには帰ってきたし。十二時は深夜だし。いてっ」

後頭部を叩かれ、陽太が悲鳴を上げる。かなりの力だったらしく、いい音がした。

「おちゃらけるんじゃねえぞ。明け方も深夜も一緒だろうが」

「マジ、痛ぇ。一緒なわけないだろうが。明け方はもうすぐ朝で、深夜は夜が更けた時刻じゃないかよう。コトリ、数字には細かいのに、他のことは大雑把（おおざっぱ）過ぎ」

「うるせえ。誤魔化（ごまか）すんじゃねえぞ。昨日、何やってたかとっとと白状しやがれ」

コトリが陽太の胸倉を摑（つか）む。

「わわっ、コトリさん、止めてください。駄目です。駄目ですって」

慌てて二人の間に、割って入る。コトリは放した手を腰に当て、鼻から息を吐いた。

「千香、何か嫌な感じがしねえか」

「します。こういうの、胸騒ぎって言うんでしょうか。空気が重いです」

「昨日から、何か苛つくんだよな。これ、絶対におまえが原因だからな」

コトリが陽太を指差す。爪はカーディガンと同色の青みがかった緑色に塗られていた。

「コトリさん、昨日はわくわくするって……」

「うるさい！」

「はい。すみません」

コトリの一喝に半歩、さがる。

「……まぁな。そうかもしれない。心配かけて申し訳なかった」

陽太があっさり認める。コトリの眉が持ち上がった。

「陽太、あんたどうしたの？」

「うん？　どうしたとは？」

「やけに素直じゃねえか。気持ち悪いぐれえに。こっちが、かっかしてんのに妙にしょぼくれちゃって、あっさり謝ったりして。やっぱ、何かあるんだな」

「うーん、無いとは言えないとこが辛いんだよねえ。でも、あるとも、はっきり言い切れなくて、これも辛いけどねえ」

コトリが言い返す前に、千香は身を屈めた。陽太がパソコンの画面を向けてきたからだ。

「これ……昨日、連絡のあったシンポジウムについてですか。〝少子高齢化社会における子どもの未来を探る〟がコンセプトの」

「そう、長谷屋さんて人から甲斐への長文メール。政府の関係省庁も巻き込んでの、かなり大がかりなイベントになる予定だとあるよね。さらに、継続した活動を視野に入れて、組織づくりを始められるように活動したいともあるよねぇ。なかなかの熱いメールだよ。で、昨夜、甲斐から聞いた。『アーセナル』の熱い議論もさ」

「ふーん、聞いてどう思った？　あたしは、金の匂いを嗅いだけどな」

「うん。ぼくも、プランニングの件は結構、でかいと思う。少なくとも、ここで成功したら『アーセナル』の基盤はかなりしっかりしてくるよね。けど、このプロジェクトが厄介事のトリガーになるかもしれなくてさぁ」

「厄介事？」

画面から陽太に視線を移す。ふっとコーヒーの香りが漂った。

「みんな、コーヒータイムにしよう」

甲斐がトレイを持って立っていた。トレイには形も色もまちまちなカップが載っている。

「コトリと陽太は砂糖もミルクもたっぷり。川相はミルクだけ、だったよな」

甲斐は手際よくコーヒーを配ると、自分も薄青色のマグカップを手に取った。コトリが唇を尖らせる。手にしたカップはソフトボールを半分に割ったような形だ。

「この暑いのにホットかよ」

「今日は、ホットコーヒーか梅昆布茶の気分なんだ」

「甲斐、おまえ幾つだ。爺みてえな口を利くんじゃねえよ」

「コトリ」

「なんだよ。うん……美味いな。悔しいけど美味いわ、このコーヒー」

「どれくらいの金が動くと思う」

甲斐はパソコンに向かって顎をしゃくった。

「このプロジェクトでか？　んなもの、わかるわけねえだろ。データが少なすぎる。どのくれえの規模のイベントにするかにもよるし、その後、どんな活動を持続させていくのかでも予算は全然、違ってくるぜ」

「国が絡んでくる。少子化対策は現政権の重要施策の一つだ。今年度の少子化対策関係予算は六兆一千億円、来年度予算案に計上された、こども家庭庁の予算は四兆八千億円だ」

「それがどうした？　うちに六兆円入ってくるって話じゃねえだろう」

「少子化対策を名目にして、かなりの金額が動くんじゃないかってことさ」

　コトリが千香と目を合わせた。

「千香、甲斐が何を言いたいのか、わかるか？」

「わかりません。ただ……楽しい話じゃないですよね」

不穏を感じる。昨日の高揚感とは異質の嫌な感覚だ。

陽太が前髪を乱暴に掻き上げた。書類カバンから薄い冊子を取り出し、コトリに渡す。

「これ、昨日のセミナーで配られた資料。目を通してみてよ」

「セミナーって、これからの資産育成なんたらかんたらってやつだっけ」

「〝個人投資家のための資産育成講座〟。コトリも興味あるなんて言ってたじゃん。でも長時間、講義されたら絶対に寝ちゃうからって止めたんでしょーが」

「うるせえよ。おまえだって講義を受けに行ったわけじゃねえだろう。うちに投資を考えるような個人投資家を物色するためだろうがよ」

「物色とか、人を空巣狙いみたいに言わないでくれる。飽くまで、個人投資家の現状を把握するためなんだから」

そこで、陽太はコトリの手許に目をやった。

「けど、空巣狙いより質が悪いかもねえ」

「何だよ。その思わせぶりな言い方は……」

冊子を開き、ページをめくり、目を走らせていたコトリの手が止まる。

「え……これは」

呟いた後、息を吸い込んだ。コトリの肩越しに覗き込んでいた千香も、同じ動きをしていた。

葉を茂らせた大樹の下に、老若男女六人が満面の笑みを浮かべ立っている。大樹も足元に咲き乱れる花々も晴れ上がった空も鮮やか過ぎる色彩で、目を射る。そんな表紙には、白抜きで大きく〝未来志向の投資〟とあり、その下に一回り小さく〝攻めながら資産を倍増。守りながら新たなチャレンジ〟と記されていた。そして、どのページにも折れ線グラフだの棒グラフだのポートフォリオだのが並び、〝日米長期金利指数〟〝MSCIエマージングマーケット・インデックス〟〝資産運用と個別運用商品の実績〟〝累積収益率〟〝株式ファンド〟〝ラップ信託〟等々、千香には理解できない単語がちりばめられている。ただ、千香とコトリが息を吸ったのは、四枚目の〝NEW AGEへの扉〟のページだった。

気候変動、食糧危機、貧困格差、災害、パンデミック、少子高齢化。これからの社会を脅かす六つの要因があげられ、その解決に取り組むベンチャー企業の説明がそれぞれ一ページを費やして紹介してあった。ただし、少子高齢化だけは見開きで二枚が使われている。

「え、ちょっと、ちょっと待てよ。ここに書いてある政府の少子化対策と一体となった新事業の概要って、甲斐からのメールと内容がほぼほぼ一緒じゃねえか。シンポジウムの開催地の数とか、プロジェクトの持続性とか、ほぼ一致してるぜ。うわっ、予算の見積もりまで具体的に出てる。なんだよ、これ？」

「甲斐からのメールじゃなくて、甲斐に来たメールね。コトリ、落ち着いて」

「うるせえ。そんなこたぁどうでもいい。細かいことに拘（こだわ）ってる場合じゃねえだろう」

陽太を怒鳴り、コトリは冊子を上下に振った。

「甲斐、どういうことなんだよ。おかしいだろうが。事業なんてまだ始まってもいねえんだろう。これから動き出すんだろう。投資も資産運用もできるわけがねえよ。なのに、ここに名前があがってるベンチャー企業って何だよ。こいつらは、どんな事業に投資をしろって言ってんだ。てか、こいつらって誰よ？　どこが主催のセミナーなんだよ」

コトリは冊子を机の上に投げ捨てる。甲斐の指がその冊子の端を押さえた。

「『ヒューマンバンク・カンパニー』。表向きは商社系投資運用会社となってる」

千香は甲斐に顔を向ける。首の筋が強張っていたのか、昨夜の肩とよく似た音がした。

「表向きって、裏があるの」

甲斐が顎を動かした。微かに頷いたのだ。

「投資詐欺じゃないかと、陽太と話をしたんだ」

「詐欺！」

明るい彩りの冊子を改めて眺める。暗みはどこにもない。詐欺という単語はむろん知っていたけれど、知っているだけだ。結婚詐欺、特殊詐欺、寸借詐欺……どれも言葉だけで実態を感じ取れない。

「セミナーの部屋に入ったとたん、何か臭ったんだよね」

陽太が鼻をひくつかせた。

「ぼくさ、昔取った杵柄で詐欺師の臭いってなーんとなくわかっちゃうんだ」

〝昔取った杵柄〟の使い方が違う気がしたが、黙っていた。コトリが言うように細かいことに拘っている場合ではない。

「〝ＮＥＷ　ＡＧＥの扉〟の左上のとこ、ローリスクローリターンって小さく書いてあるでしょ。つまり、このページで紹介している投資は、さほど儲からないけど危険性も少ないってこと。で、説明を聞いていると、売りは社会貢献なわけよ。これらの事業に投資することで、間接的に社会貢献ができる。かつ、大きな収益は見込めなくても、ほとんどリスクを負わずに資産を増やせる。そういう趣旨の話だった。ローリターンとはいえ定期預金の金利なんかより、かなりいいからさ。これ、どういうことかわかる、千香ちゃん」

ローリスクローリターン。投資。社会貢献。リスク。資産。金利。そして、詐欺。

陽太の口にした単語を一旦ばらばらにして、頭の中でまとめ直す。朧げにだが、形が見えてくる。それを言語に変換する。ここが、一番難しい。

「ある程度の余裕……でしょうか」

「は？　なに、それ？　今、ヨユーの話なんかしてないぜ」

コトリが不機嫌な声を上げげた。

「えっと、ですから、ある程度、経済的に余裕がある人たちにとって社会貢献と投資が……あの、えっと、社会貢献と投資が一つにパッケージングされてるのって魅力的なんじゃないでしょうか。自分が投資したことで誰かの役に立ち、しかも、資産が増える。一石二鳥って言っていいかどうかわからないけど……」

「お得感、満載だよねえ」

陽太がにやりと笑った。

「良心と財布、どっちも温まるって感じかなぁ。ちょっと偽善っぽいけど」

「善意は善意さ。これが本物の投資運用であれば、善意は善意として機能するかもしれない」

「甲斐、往生際悪いね。本物であるわけないじゃん。話が美味し過ぎるよ」

「そうかぁ。ローリターンってことは、投資話としては旨みが薄いってこったろ。あぁ、コーヒー、ほんと美味い。これくれえの投資話なら、乗ってやるけどな」

コトリがカップを持ち上げる。香りと湯気が揺れた。

「コーヒー味の投資話って、どんなのだよ。千香ちゃんのいうとおり、これ、余裕があって意識高い系の投資家、いや、投資を考えている素人には需要があるんだよ。がっつり儲けたいじゃなくて、ほどほどの儲けとほどほどに社会に貢献している意識の両方が欲しいって人たちに、ね。そこをターゲットにした新手の詐欺さ。上手いこと考えたよね。こういう人たちって、あんまり騒がないんだ。騙された分をどうしても取り戻すって、じたばたしない。有り金叩いたわけじゃなく、飽くまで余裕の範囲での出費だからさ。もちろん、金額にもよるんだろうけど」

「でも、どうしてここに、シンポジウムを皮切りに官民一体のプロジェクトが進むなんて書いてあるの？　シンポジウムの内容も具体的だし、来年からプロジェクトが本格的に動き出すと断定しているし……。おかしくない？　長谷屋さんって人は、飽くまで一個人の意見として伝えてきたんでしょ」

甲斐がさっきより深く頷いた。

「そう、まだ稟議書も書けない段階だろうな」

「なのに、どうして。あっ、まさか」

声が大きくなる。とっさに口元を押さえ、千香は甲斐と視線を絡ませた。

「長谷屋さんも詐欺グループの一員ってことは……」

「いや、それはないと思う」

「言い切れるの」

「うん。長谷屋さん、おれがプレゼンしたときの様子をよく覚えてた。あの場にいなけりゃわからないようなことを知ってたんだ」

「それ、どんなことだよ」

陽太が割り込んできた。眼が意外に真剣だ。

「どうって……、おれが登壇するときに手と足が同時に動いてロボットみたいだったとか、話し終えて三回も息を吐き出したとか、最後にプレゼンをした大学生が学ランを着ていただとか、そんな他愛もない話だけど」

「それだけじゃ、信用の担保にならないよ、甲斐」

「そうか？　おれは十分だと思ったけど。うん、十分だ。長谷屋さんは本物だし、電話やメールの中身も本物だ」

「甘いねえ、甘過ぎる」

「甘過ぎるのはおまえの飲んでるコーヒーだよ。まっ、あたしもあまーいコーヒー、好きだけど」

　コトリが舌を突き出す。

「甲斐が信用してもいいと判断したなら、信用できる相手なんじゃねえの。甲斐の人を見る眼は確かだぜ。へっ、そんなことは、おまえが一番よくわかってんじゃねえかよ。何が『甘いねえ』だ。下手な芝居、するんじゃねえよ」

「ぼくは念には念を入れて、あらゆる可能性を吟味しようって言ってるだけだよう。けど、まあ、甲斐を詐欺ったってどれほどにもなんないよねえ。『アーセナル』だって、軌道に乗って安泰だとは、お世辞どころか冗談にも言えないジョーキョーだし」

　わざとイスをギシギシと鳴らし、陽太が笑う。千香は心持ち、前に出た。

「稲作さん、稲作さんは、ここに帰ってくるまで長谷屋さんからのメールのこと、知らなかったんですよね」

「知らなかったよ。甲斐から重要メールが来たって連絡あったけど。内容まではわからないじゃん。だから、もう、昨夜はびっくり。疲れて、すぐにも寝たかったのにメールみちゃったものだから、目はぎんぎんに覚めちゃうし、頭はミョーに冴えちゃうしで眠れる状態じゃなくなっちゃってさ。ほんと大変だった」

「昨日、仕事をキャンセルしたのも帰ってくるのが早朝になったのも、〝詐欺の臭い〟を嗅いだのが理由ですか」

「早朝じゃなくて、深夜ね。ぼく、朝帰りとかしない主義だから、そこんとこよろしく」

陽太は両手を合わせ、拝む真似をする。

「陽太、川相とコトリに昨日のこと、ちゃんと伝えろ。黙っていていい話じゃない」

甲斐が珍しく命令口調で言った。

「黙っているつもりなんてないよ。コトリがやたら睨んでくるから、多少はビビってるけどさ。あー、はいはい。ちゃんと話すって」

コーヒーをすすり、陽太は『アーセナル』の仲間たちに眼差しを巡らせた。

「さっき臭ったといったけど、投資セミナーって、まともなものはまともだけど、怪しいのが入り込みやすくはあるんだよね。投資そのものがギャンブル要素、あるし。もち、本物の投資家は負けることはあるって前提をちゃんと弁えているよね。で、勝率をどう上げるかを必死に考えるわけでしょう。それでも負けて、痛い目に遭うことっていっぱいあるわけよ。コトリもそうでしょ」

「は？　何言ってやがる。あたしは投資で失敗したことなんか……」

「けっこう、あるよね」

「……たまに、ある。けど、儲けたこともあるからな。例えば」

「はいはい、いいです。いいです。ようするに、投資ってかなりのリスクが伴うわけよ、常識だけどさ。ところが、昨日のセミナーではそこんとこが……」

　コトリが小さく口笛を吹いた。

「曖昧にされたわけか？　リスクは説明せずリターンばかりを強調する。投資の初心者向けの手口だよなあ」

「いや、それが懇切丁寧に説明してた。けど、最後まで聞いてると、近々発表される国のプロジェクトに関連した投資、つまり後ろに国が控えているので、リスクは極めて低い。大儲けの可能性はないが確実な資産運用は約束できると、なったわけよ。参加者がさかんに頷いててさ、熱心に授業を受けてる真面目な生徒たちって雰囲気で、あっ、これ、ちょっとヤバいと感じちゃったわけよ」

「その雰囲気がヤバいんですか」

　ずっと真面目に授業を受けてきた千香は、つい、横合いから口を入れてしまった。

「ヤバいよ。みんな納得してて、質問もほとんど出ないんだもの。完全に主催者側のペースじゃん。しかも、しゃべってるやつが、むっちゃ話術が巧みでさあ、すっごいわかり易い説明でユーモアがあって、笑わせたり、ちょっと感動させたり自由自在なんだよな。投資の話をするのに、自分の生い立ちとか関係ないじゃん。なのにさ、幼いころ、貧しさゆえに病気の弟がろくな治療も受けられず亡くなった。あのとき、子どもに対する支援が十分にあれば、弟は死ななくてすんだはずだ。だからこそ、子どもたちを支援したい。少子化を食い止め、どんな子どもたちも幸せに生きられる社会を作りたい。その一念で、今の仕事をしているなんて、言い出すんだからさ。やってられないでしょ」

「やってられねえな。ベタ過ぎて笑えねえ」

「笑うんじゃなくて、泣かせるとこなんだよ。ぼくの隣に座っていた女の人なんて、涙ぼろぼろだった。で、泣かせた後に、急に利回りだの為替レートだのの説明になるわけ。そのあたりの呼吸も上手いんだよな。硬軟取り混ぜてっつーか清濁併せ呑むっつーか、あの話術、なかなかのもんだったなあ」

〝清濁併せ呑む〟の使い方も違う気がするが、どうでもいいことだ。

「でも、それだけで詐欺を疑えたんですか」

「うん。八割がた怪しいと思った。で残りの二割は、おねーさんたちかな」

「おねーさん?」

「そっ、お揃いのスーツを着たおねーさんたちが部屋の四隅と後ろに立ってるわけ。質問者がいたらマイクを回す係だと言ってた」

「それがどうかしたんですか?」

マイク係がいても、おかしくないだろう。むしろ、手配りが行き届いているのでは?

「五十人弱の集まりに、マイク係が四人も五人もいる？　二人で十分でしょ」

「あ、それはそうですけど……」

こうなると、千香の理解の範疇を超えてしまう。マイク係の人数と二割の怪しさがどう結び付くのか、見当もつかないのだ。

「見張り役だと思うんだよな」

「見張り役？」

さっきから鸚鵡返しばかりしている。でも、とっさには陽太の言葉の意味を解せないのだからしかたない。

「セミナーの最初に、まずはスマホの電源をオフにするように言われた。録音や写真を撮るのも禁止された。他の参加者に迷惑をかけないためのマナーだって。でもさ、フラッシュ焚いて写真を撮るのはともかく、録音するぐらい誰の迷惑にもならないでしょ。全禁ってのは、どういうことか……」

陽太が見上げてくる。甲斐は黙って立っていた。どういうことか、わかっているわけだ。

「写真撮影駄目、録音駄目。見張り役の配置……。あの、もしかして、跡を残さない、証拠を残さないためですか。言質を取られないために……」

「千香ちゃん、大当たり。そうなんだよ。すごい用心深いなって、これ怪しいを通り越して詐欺確定じゃんと思ったんだよね」

「だから『ヒューマンバンク・カンパニー』を探ろうとしたんですか」

「あらまっ、そこまでお見通し、しちゃう？　千香ちゃん、ますますすごいね」

「稲作さんが朝帰り……深夜帰りしたことを考えたら、それしかないじゃないですか。でも、夜になって会社に忍び込んだんですか」

「千香ちゃん、ぼくは忍者でも泥棒でもありません。忍び込んだりしません。第一、ここ、本社は東京になってるんだよ。存在するかどうかは、これまた、怪しいけどね」

「じゃあ、深夜まで何を……ああ、そうか。会社でなければスタッフの方ですか」

陽太が口笛を吹いた。短く高い音が空気を裂く(さ)ように響く。

「これまた、大当たり。勘が鋭いねえ。千香ちゃんには隠し事できないね」

「隠さなくてもいいことを隠して、どうすんだ。いいから、さっさと肝心なことを全部、しゃべれ。ったくよ、苛々(いらいら)して胃が痛くなる」

コトリが乱暴にカップを置いた。ただ、仕草や物言いほど苛ついていないみたいだ。何となくだが察せられる。

「だよな。みんな、それぞれにやらなきゃならない仕事があるわけで、暇じゃないもんね。じゃあ、まぁ要点だけを話すけど……」

陽太の口調が心持ちだが重くなる。躊躇(ためら)い？　だろうか。

「セミナースタッフの中心、つまりヒューマンバンクなんちゃらから来ているのは説明役の他に三人ぐらいだろうって見当付けたわけ。ああいうセミナー詐欺って、規模にもよるけど、だいたい一グループ四、五人で動くからさあ。ぼくのときもそうだった」

ぼくのときとは、陽太が捕まった詐欺事件のことだろうか。千香が躊躇っている間に、コトリが尋ねた。

「似ているのかよ？　おまえの関わった詐欺のやり方と」

「似てる。でも、かなりバージョンアップはしてる。杜撰さとか感じなかったからね。まあ、詐欺の世界ってそういうもんなんだよね。日々、改良され、より高度により巧みに技術革新されていくんだ」

「そんな技術革新、ごめんだね。ろくなもんじゃねえよ。で、おまえ、どうしたんだ？　スタッフたちの跡をつけたのか」

「大当たり。会場の外で見張ってて跡をつけてみたの。セミナーは三回、開催予定だから近くのホテルに泊まるんじゃないかなって思って。そしたら、案の定、駅近くのホテルにチェックインしてた。チェックインしたのは三人で、三人とも男だったよ。おねーさんはいなかった」

陽太はホテルのロビーで待機していたが何時間経っても男たちは現れなかった。さほど広くもないロビーだ。あまりに長時間、一人で座っていては目立つ。諦めて帰ろうか、もう少し粘ろうか迷っていたとき、男たちがロビーにおりてきた。そして、談笑しながら外へと出て行った。

「でね、駅の東側の坂を上った所に割烹料理屋があるの知ってる?」

陽太が問う。千香は知らなかった。甲斐も知らないと首を横に振った。

「『やまのべ』って店だろ。知ってるぜ、元ダンと行ったことある」

コトリがさらりと答える。

「えっ、コトリさんて結婚してるんですか」

「千香、人の話をちゃんと聞けや。元ダンって言っただろうが。元のダンナ。若気の至りで一緒になっちまったんだよ。とっくに別れて、せいせいしてんのさ。ただ『やまのべ』の料理は美味かったぜ。値段はやたら高かったけど。で、そいつら『やまのべ』でお夕食かよ。けっ、豪勢じゃねえか。この辺りじゃ一番、美味くて高い店だ。まっ、十代の若者には関わりなさ過ぎるとこだな」

「そう。さすがに店の中までついていくのは無理だった。で、諦めて、駅前のラーメン屋でチャーシュー麺にコーンとモヤシとをトッピングして食べて、ネットカフェで時間潰して、男たちがホテルに帰ってくるのを待ってたわけ」

「どうして、そんなに拘ったんですか。男たちが怪しいというのは理解できますけど、一晩中、見張るつもりだったんですか?」

だとしたら、そこは理解できない。泥棒なら夜を待って動き出すと考えられるが、男たちはおそらく詐欺師で昼間に活動しているのだ。

「それが、気になることがあって確認したかったんだ」

陽太がスマホを取り出し、画面を千香に向ける。甲斐とコトリも覗き込む。

男たちが写っていた。

隠し撮りなので、少しぼやけ、しかも観葉植物の鉢植えの陰になっている。それでも、男たちが楽しげに笑っているのは見て取れた。

「四人、いるな」

甲斐が呟く。

確かにそうだ。四人、いる。みんなTシャツにジャケットという恰好だった。

「そう、一人、増えたんだ。どういう事情か知らないけど部屋で待機していたか、遅れて来て先に部屋に入っていたかだろうけど、その増えたのがこいつで」

陽太が、口を開けて天を仰ぐように笑っている男を指差す。他の三人は黒髪だが、この男はレンガ色の髪をしていた。

「それで、これを……」

陽太はスマホを操作し、もう一度、画面を向けてきた。

数人の青年たちが床に寝転んだり、胡坐(あぐら)をかいたりしながら、カメラに向かってポーズをとっていた。

「あ、これ、陽太だな。右側に座ってんの」

「うん、そう」

陽太は他の者より、明らかに若い。少年と呼んで差し支えないほど若い。

「これ、ぼくが警察さんに捕まる一月ほど前の写真。で、こっちの真ん中でVサインなんかしてるやつ、見て」

金髪の男はやや年長で、がっしりした体軀をしていた。

「あ……同じ。四人目の男だ。陽太、こいつは」

コトリが眉間に皺を寄せた。

「うん。昔の詐欺グループのリーダー格だったやつ。ホテルのエレベーターから出て来たときは、はっきりわからなかったから、それを確かめたくて帰ってくるのを待ってた」

詐欺グループ……。千香は口の中の唾を呑み込む。

近所のお年寄りが、オレオレ詐欺にひっかかったのは、千香が高校に入学して間もなくだった。就職したばかりの孫娘が会社のお金を落としたと泣いて訴えてきたのだとか。それで、慌てて三百万を用立ててしまった。

「オレオレじゃなくて、ワタシワタシ詐欺だったのね。春川のおばあちゃん、落ち込んじゃってずっと泣いてるんだって。あそこ、おじいちゃんが亡くなったでしょ。保険金が入ったってわかってたのよ。でないと、三百万って大金、すぐに出したりできないものね」

母が父を相手にしゃべっていた。適当な相槌しか打たないような父だったが、母は構わず詐欺の単純で巧妙な手口とか、春川のおばあちゃんの様子を細かく伝えていたのだ。

春川のおばあちゃんは、時々、犬を連れて散歩していた。すれ違うとかならず「千香ちゃん、また、背が伸びたねえ」とか「それ以上、大きくなったら困るよ」とか、親切なのか意地悪なのかわからない言葉をかけてきた。好きとか嫌いとか言えるほどの知り合いではないが、事件の半年後に亡くなったと聞いたときは心が痛んだ。母に言わせると、持病が悪化しての死だから詐欺事件とは直接の関わりはないだろうが、精神的なダメージが命を縮めたに違いないとのことだった。真偽の程はわからない。でも、長く生きて、亡くなる前に深い衝撃と落胆を味わったのは確かだ。

陽太も同じようなことをしていたのだろうか。いや、甲斐は違うと言っていた。

千香の表情に何かを感じたのか、陽太が慌てた様子で手を横に振る。

「あっ、千香ちゃん、言っとくけどオレオレ詐欺とかじゃないよ。ぼく、お祖母ちゃん子なもんで年寄りは騙せないんだ。中小企業に融資話を持ち掛けたり、お受験に必死な親に裏口入学を斡旋したり、投機とか仮想通貨とかそっち専門だった」

「融資に裏口斡旋に投機？　十代にしちゃあシブいな。けど、さすがに現場で動いてたわけじゃねえよな。受け子や出し子ならまだしも、シブい詐欺の役者には十代は無理だぜ」

コトリが子犬を呼ぶように、舌を鳴らした。

「うん。現場には行ってない。でも、企画書みたいなのは幾つも書いた。なんかねえ、ほんと馬鹿だったとしか言えなくて。お金が欲しいっていうより、自分の計画通りに大人が騙されるのがおもしろくて……。うん、ぼくの企画書、詐欺の企画書ってのもどうかと思うけど、誰もが〝企画書〟とか〝行動表〟とか言っていた。〝シナリオ〟って呼んでるやつもいたっけな。ともかく、ぼくの企画書にこの男が……えっと、確かスザキって名乗ってた。本名じゃないだろうし、今はきっと別の名前を使ってるだろうけど、便宜上、スザキってことにしとくね。異議ありませんか」

「異議も葱もねえよ。いいから、さっさと話を進めな」

コトリはさっきの倍も大きく、舌打ちの音を響かせた。

「あ、はいはい。すんません。えっと、企画書ね。そう、ぼくの企画書にスザキが手を入れて、実際に人を動かしてた。甲斐ほどじゃないけど、こいつもそのあたりが天才的に巧くてさ。みんなに、それぞれの役目を割り当てて使いこなすんだ」

「おれも、この展開で引き合いに出して欲しくないな」

甲斐が苦笑する。陽太は構わずしゃべり続けた。一気に全てを吐き出そうとしている風に、思えた。千香にはそう感じられた。

「ぼくも、『他人を思うように動かすのっておもしろいだろう』とか『おまえは利口で才能がある。おまえに比べたら大人なんて、年くってるだけのアホさ』なんて煽られて、すっかりその気になっちゃってた。どれだけ巧妙に他人を騙せるかを競い合うみたいな気になって、上手くいけば得意になって……ほんと、どーしようもなかった。あのまま逮捕されなかったらと思うと、マジで寒気がする」

「今日も暑いから、ちょうどいいじゃねえか。自家製冷房なら電気代いらねえし」

コトリが茶化す。「ばーか」と陽太が応じ、空気が少し軽くなった。甲斐は、その空気をゆっくりと吸い込み、吐き出した。

「この男は捕まらなかったんだな」

「捕まらなかった。いつの間にか消えてた。捕まったのは、ぼくを筆頭に調子に乗ってたどーしようもない連中だけさ。もちろん、騙し取った金のほとんどはスザキが持ち逃げした。初めからそのつもりだったんだろうな。今回、セミナーにスザキが出てこなかったのも、裏に回って顔をさらさないためだろうね。いざというときには雲隠れしやすくなるからさ。まぁ、あの会場でばったり顔を合わせてたらって考えると、これまた、寒気がするけどね」

「お金を持ち逃げされたってことは、被害者の人たちは……」

泣き寝入りしたのだろうか。春川のおばあちゃんのように後悔や落胆を抱えて、生きる意欲さえ削られてしまったのだろうか。

「全額とは言えないけど、ほぼ何とか返した。とはいっても、ぼくは未成年で一文無しで、まともに返済できる状況じゃなかったから、親が全ての責任をとってくれたんだ。被害者への弁済のために家も土地も売り払って、北陸の田舎町に引っ越していったんだよね。祖母ちゃんの家まで売らなかったのは、親なりにぼくの居場所を残しておいてくれたわけよ。もっとも、父親には『おまえのことは死んだと思って、諦める』って言われちゃったから、祖母ちゃん家で暮らすのは許すが、二度と顔を見せるなってことなんだろうけど。うちの父親、教育関係のちょっと偉い人だったからなあ。息子の不祥事は大打撃で、仕事も辞めざるを得なかったんだよな」

「偉い人って、文科大臣とかか」

「文科大臣って、ほぼほぼ天辺じゃん。そこまで上じゃなかった。文科省の事務次官でもなかった」

「だろうな」

　コトリが笑う。

「まあ、親とはいろいろあって、ぼくが捕まる前から、ほぼ絶縁状態だったし、息子として言いたいこともあったけど、あのときは、さすがに申し訳なさ過ぎて親の顔、まともに見られなかったねえ。縁は切れてもいいけど、代わりに弁済してくれた分だけは全額、返済するって決めてる。祖母ちゃん家だけは、ありがたくいただくけどね」

「おかげで『アーセナル』を立ち上げられた。陽太のお祖母ちゃんには感謝、だ」

そこで、甲斐は両手を軽く打ち鳴らした。

「さて、ここからが本題だ」

「ええ、まだ本題に入ってなかったのかよ」

「今までは、陽太の報告だった。その報告を元にして、これからの行動を決める。ここが本題。で、昨日参加したセミナーが、スザキが関わっている詐欺なのは間違いない。しかも、長谷屋さんから話のあったイベント絡みのだ。事務局の長谷屋さんが完全に詰めてもいない企画が、どうして外に漏れ、悪用されることになったか」

コトリが肩を竦め、千香を促すように顎をしゃくった。

「あの……スザキたちに情報を流した人物がいる。しかも、長谷屋さんの近くか、イベントの計画を事前に知ることのできる場所に。と、そういうことでしょうか」

「だとよ。どうなんだ、甲斐？」

「うん。その可能性が一番大きいだろうな」

「長谷屋ってのは、そのことに気付いていない？」

「おそらく。話しぶりからすると、疑ってもいないんじゃないかな」

「じゃ、どーすんだよ。逢ったときに教えてやるのか。それとも、今から連絡する？」

甲斐がかぶりを振る。

「今のところ、詐欺行為が実際にあったとは言い切れない。いわば、下準備の段階だろう。

情報漏洩の件も、もし官庁絡みだとしたら、うやむやにされる見込みが高い気がする」

「だったら、ますますどーするって聞きたいね。どーすんだ」

コトリの問いに誰も答えなかった。一瞬だが、室内が静まる。窓から風が吹き込んできた。その風に乗って燕が一羽、飛び込んでくる。慌てる様子もなく、羽をばたつかせ方向を変えると外へと逃れていった。千香は網戸を閉め、寸の間空を見上げた。

「ほっとくか」

コトリが投げ捨てるような物言いをした。

「考えてみりゃあ、ちっちぇえ話じゃねえか。投資セミナーだってローリスクローリターンだと公言してんだろ。だったら大口の申し込みがくるとも思えないし、ほっときゃいいんじゃないの。うちらには関わりないだろ。変な正義感で首を突っ込むのは、ハイリスクノーリターンってことになるぜ」

甲斐がもう一度、首を横に振った。

「ハイリスクなのはセミナーじゃなくイベントの情報漏洩の方だ」

「けど」と、コトリは唇を窄めた。刹那だが可憐な風情が漂う。

「このイベントだって、政権の命運をかけた一大プロジェクトってわけじゃねえんだろ？むしろ、子ども関連なわけだから、地味っちゃあ地味なんじゃねえの。政府にしたら、〝こんなことやってます〟ってパフォーマンスでもあるし。ものすごい額の金が動くってことでもない。『アーセナル』としては参加するメリットは十分にあるし、金儲けの匂いもするけど。詐欺師たちが、ここまで手の込んだ仕掛けを作って乗り込んでくるほど、旨みのある狩場じゃねえと思うけどな」

「幾らぐらいの金が動くと思う」

甲斐が真顔で尋ねた。コトリは僅かに眉を顰め、パソコンに手を伸ばした。

「開催地はまだ、決定じゃないんだな」

「うん。とりあえず大都市圏に絞ってみてくれ。五百人から千人規模。パネラーとして各分野の専門家、活動家、著名人、芸能人、担当役人、都道府県知事。場所によっては大臣級の参加もあり。一般参加費は無料。協賛金等はまだ未知数だから、除外してくれて構わない」

「けっ、ほんとベタなイベントだね。昭和の発想じゃね。この発想じゃ、いつまで経っても少子化は進む一方だね。つーか、さらに加速しそう」

貶しながらもコトリの指は止まらない。気持ちいいほど軽やかに踊っている。陽太がコーヒーサーバーから新しいコーヒーを注いで回る。

「千香ちゃん、ホットミルクもあるよ。入れる？」

「あ、お願いします」

「砂糖はいらないんだっけ」

「いらないです。甘い飲み物は苦手なもので。ありがとうございます」

「一億、いかねえな」

コトリの声が響く。

「イベントだけなら、多めに見積もっても一億は超えねえ。素人ならともかく、プロの詐欺師が食いつく案件じゃないぜ、甲斐」

「イベントだけならな。けど、そこは入り口に過ぎないんだ。奥には、政府の少子化対策プロジェクトがある。少子化対策は、今の政権の目玉政策の一つのはずだ」

「つまり、予算は派手につけちゃうよってこと。派手じゃないとアピールにならないもんね。なるほど、コトリはああは言ったけど、かなりの額が動く気がしてきたなぁ」

陽太が空になったコーヒーサーバーを軽く振った。甲斐が自分のパソコンを操作する。

「コトリ、今度はこれを計算してみて」

「うん？　何だよ、これは」

「川相が、これまで五年間の主立った政策絡みのプロジェクト予算を分類してくれた。横軸が当時の政府内での重要度、縦軸が予算額。これを参考に少子化プロジェクトの予算を算出してくれ」

「算出してくれったって、さっきも言っただろう。プロジェクトの内容がわからないのに、どうやって計算すりゃあいいんだよ。データがなけりゃＡＩだって答えを出してくれねえよ。まして、あたしは人間だからね。どうやったって無理だから……」

　珍しく、コトリの語尾が細くなる。

「その通り。情報が少なすぎてＡＩも対応不可だって。だから人間の出番だ。コトリの想像力で補って、概算の数字をだしてもらいたい。あ、今年度の一般会計歳出の内訳も添付してある。あんまり役には立たないかもしれないけど、一応な」

「役に立たないものを、何でもかんでもくっ付けんじゃねえよ。鬱陶しい。知らねえよ、政治家の決めることなんか。想像力なんてどう使えってんだ」

「コトリ、雰囲気だよ、雰囲気」

　陽太がひらひらと手を振る。

「政治家になりきるんだよ。で、この政策は世間さまに受けがいい〜とか悪い〜とか雰囲気を考えてみたらどうよ。がんばれ、がんばれ、コ・ト・リ」

「うっせえ。おまえが口を出すと余計にややこしくなる。すっこんでろ」

　コトリは瞬きもせずに画面を見詰め、片手で電卓をたたき始めた。

「なあ、陽太」

「うん？」

「おまえはスザキに気が付いたけど、その反対もあるのか」

「ぼくのことをあっちが気付いたってこと……うーん、一〇〇パーじゃないけど大丈夫だと思うよ。ぼくは、ずっとホテルの出入りを見てたけど、あっちはちらっとも見てないから。それに、昨日は黒髪に背広って恰好だったからなあ。背も伸びたし、わかんないんじゃないかな。ぼくとしては、スザキがどんなに化けてても気が付いたと思う。なんせ、マイナス方向だったけどキョーレツな経験の相手なんだから。あっ、経験の相手って変なイミじゃないからね」

陽太は両手を前に出して、横に振った。コトリは鼻先に皺を寄せる。

「どういう意味でも、今は関係ねえからな。で、セミナーへは『アーセナル』って社名で参加したんだったな」

「うん。個人名は記してない。大丈夫だよ、心配はないって。それよりさ、この件からは手を引いた方がよくない？　確かに、イベントに参加できるのは『アーセナル』の宣伝になるかもしれないけど、裏でスザキみたいなのが動いてるとなるとヤバいよ。厄介事に巻き込まれる確率高くなるよ。長谷屋さんには悪いけど、断ったら」

「いや、断らない。絶対に参加する」

陽太が瞬(まばた)きする。それから、肩を竦めた。

「珍しー。甲斐がそこまで言い切るのマジ、珍しいね。そんなに価値のあるイベント？」

物言いはいつも通り、どこかふざけた調子だったけれど、陽太の眼つきは柔らかでも優しくもなかった。値踏みをするような眼差しを甲斐に向けている。

「コトリじゃないけど、ザ・昭和って発想から抜け出てないイベントじゃん。インパクトとか、そんなにあるかどうか疑問だろ」

「だから、これから変えていくんだ」

陽太が顎を引いた。足も引く。半歩、後退(あとずさ)ったのだ。

「ありきたりの発想のイベントを変えれば、その後に続くプロジェクトだって変えられる。今、本当に必要な子どものための政策を見つけられるかもしれないだろ」

「はぁ？　何を夢みたいなこと言ってんだよ。少子化対策と子どものための政策は別物だよ。出生率(しゅっしょうりつ)とか婚姻率とか数字で表せるところを底上げしたいんだから、子どもの幸せみたいな抽象的なところを、本気で考えたりしないでしょ」

「そんなこと、ないと思う。長谷屋さんみたいな人は他にもいっぱい……いっぱいかどうかわからないけど、少数派だとしてもいるのは確かだ。そういう人たちを繋(つな)ぐネットワークを作っていけばいいわけだろ。作っていくのに『アーセナル』の存在は有効なはずだ」

「わぉ、その自信、なかなかだね。千香ちゃん、どうよ」

不意に意見を求められた。でも、怯(ひる)まない。ずっと、考えていた。

「あたしは、甲斐くんに賛成したいです。あの……昨日、整理した〝ＳＱＵＡＲＥ〟、たくさんの人からメッセージが届いてました。中・高校生が多かったです。コメントにも中・高校生のものが多かったです。あの……えっと、『アーセナル』は今のところ、有効に機能している……機能しようとしていると思います」

一人一人が抱えている問題が全て解決できたわけではない。全てどころか、どう見積もっても二割とか三割に過ぎないだろう。でも、現実と向き合うための小さな突破口、ささやかな手掛かり、僅かな心の余裕……そんな小粒の珠は確かに存在している。少なくとも、千香にはそう信じられた。

「数字に置き換えられない生の声って貴重なはずです。そ、それを汲み上げるから、えっと、その、本当に役に立つ、今に必要な政策とかができるはずで、えっと、ですから……」

汗が滲む。上手く回らない舌がもどかしい。

甲斐も陽太もコトリも、自分の何倍もの知識と技術、経験と言葉を持っている。だから、『アーセナル』にいたい。三人に食らいついていきたい。ここに『アーセナル』があるよと、発信したい。

「それに、あの、プランニングの件、甲斐くんから聞いてもらえたと思いますけど、『アーセナル』がプロジェクトに直接関わっていけば、イベント自体も変えられるし、もしかしたら政策への影響も考えられるみたいな……はい、あたしは『アーセナル』は参加するべきだと思います」

「なるほどねえ」

陽太がため息を吐いた。疲れた大人みたいな吐息だった。

「二人の言うこともわかるけどさあ、わかるけど、尋ねちゃうよ。現実問題として甲斐も千香ちゃんも、どうしたいわけ？　こういっちゃあなんだけど、事務局の近くに詐欺師に情報を流すようなやつがいる。つまり、ぐずぐずの穴だらけの組織ってことじゃん。そんなとこと組んで大丈夫だと、マジで考えてる？」

「穴は塞げばいい」

「はぁ？　どーいう意味だよ」

「壁に穴が開いたって、塀が崩れたって、雨漏りがしたって修繕するだろ。それと同じ」

「同じって……甲斐、あのな」

ドンッと音がした。コトリがこぶしで机を叩いた音だ。陽太が口を閉じ、首を縮める。

「コトリ、どうした？　うるさいから、黙れって？」

「十二億」

「へ、十二億？　え？　そんなに予算が付くかぁ」

「あたしの計算だとね。陽太のアドバイスに素直に従って雰囲気でやってみましたぁ。でもまあ、そんなにズレてないかもな」

腰に手を当て、胸を張り、コトリは鼻から息を吐き出した。

「自分で算出していて言うのもなんだけど、マジか？　ってとこだな。地味だのパフォーマンスだのこき下ろして、ごめんなさいだ。十二億円の餌なら、プロの詐欺師も食いつくかもしれねえな。あたしだって食いつきたい。うわぁ、十二億かよ。涎が出るぜ」

「だねえ。うーん、読めてきた」

陽太が薄く笑う。どことなく狡猾な笑顔だ。千香はコーヒーを飲むふりをして、陽太から視線を外した。

「『ヒューマンバンク・カンパニー』とやらは、まるっきり架空ってわけじゃなく、登記上は存在してるのかもね。むろん、実体なんてどこにもないけどさ」

「それ、ペーパー・カンパニーってことかよ」

「そっ。で、このセミナーの目的も投資詐欺じゃなくて、実績作りだと思うよ。こんな活動をちゃんとやってます風の、さ。会場まで借りて、スタッフ集めてあちこちでセミナーを開催してるんだから。そこそこの金をかけてるはず。なのに内容がローリスクローリターンじゃ、大口の投資は寄ってこないよね。おもしろみがないもん。小口を狙ってちびちびやるなら、ここまでの仕掛けは作らないよ」

ペーパー・カンパニー、実績作り、活動……「あっ」。千香は自分のあげた声に自分で驚いた。思いの外、大きかったのだ。

甲斐が頷く。陽太も口を閉じ、同じ仕草をした。

「あの……もしかして、プロジェクトに食い込むために実体のない会社を作ったと……」

甲斐はもう一度、深く頷いて見せた。

「この冊子のページ、少子化についてのページにも堂々と書いてある。少子化対策に特化した企業に投資を呼び込み、支援し、利益を生み出すためのマネジメント云々て。うーん、十二億を食い物にする気満々だな。こういう活動を梃子にしてプロジェクトの内に入っていく。たぶん協力者が組織内にもいるんじゃない。で、テキトーなイベントをこしらえて、何億かを国家予算からいただく。こういうの上手くすれば、ばれても表沙汰にはならないんだよね。責任の所在をはっきりさせないまま、うやむやにされちゃう。つまり、詐欺そのものがなかったことになるってわけ。うーん、十二億がなあ……もったいない」

「言っとくけど、これ、わりに控え目にしての数字だからな。内閣支持率とか国政選挙があるかどうかで、もう何億かは上積みされるかもよ。はぁ、あたしだって一口だけでもかぶりつきたいぜ。さぞかし、美味いだろうな」

コトリが唇を舐めた。艶のある唇の上を舌先が左右に動く。

「何度も言うけど、で、どーすんの」

甲斐に向けて、陽太が顎を突き出す。

「だから、穴を塞ぐんだよ、陽太。修繕するんだ。これ以上、大きくならないうちに。今ならまだ、間に合うはずだ」

「どうやって」

「それは、これから考える」

「はぁ？　勘弁してよ。そんなの『アーセナル』の仕事とは関係ないでしょ。言っとくけどドラマじゃないんだから、どんな悪人だって警察と検察以外の機関に逮捕する権利はないよ。闇で仕置きするなんて、絶対にありえないし」

「逮捕とか仕置きとか考えてるわけじゃない。邪魔されたくないだけだ」

「邪魔って？」

「今度のプロジェクトに『アーセナル』が参加できるなら、いろんな意味でビジネスチャンスなのは確かだろ。まだスタートアップしたばかりのうちとしては願ってもない話だ。しかもプランニングという仕事の可能性も見えてる。なのに、予算を食い物にされると、プロジェクトの存続が危うくなる」

「そりゃそうだけど……」

「『アーセナル』はまだ小さいけれど、必要なんだ。今、生きている人たちに絶対に必要な場所だ。そう信じて創ったんだ。根を伸ばして、花を咲かせて、大きくしたいし、これからしていく。だから、誰にも邪魔させない」

甲斐が言い切る。陽太は唇を結び、そのまま黙り込んだ。千香は胸の上で手を重ねた。

「あの、『アーセナル』に寄せられた声、ほとんどが本物です。あの、いえ、本物って言い方はおかしいけど、真剣に悩んで、苦しんで、誰かに聞いてもらいたくて、助けてもらいたくてメッセージを送ってきた……そんな人たちの声なんです。えっと、甲斐くんの言うビジネスチャンスって、よくわからないけど、必要な場所なのは、わかります。その通りだと思います。えっと、ですから、あの声を生かさなきゃいけないって思うんです。せっかく声を上げてくれたんだから、それを生かして世の中が変わっていかなくちゃって。なのに詐欺だなんて、あの声を食い物にして十二億円を騙し取るなんて、ゆ、許しちゃいけないです」

息が苦しくなって、それ以上、しゃべれなくなった。『アーセナル』と関わるようになって、よくしゃべるようになったと思う。つくづく、思う。

コトリが背中を軽く叩いてきた。それで、いいよと励まされた気がした。

「千香、十二億は総額だかんな。どんだけ凄腕(すごうで)の詐欺師でも総額、かっさらうのは無理だから。あ、でも、あたしも甲斐や千香の意見に一票入れる。子どもに向けられた予算に大人が群がるな。詐欺るんだったら他所(よそ)でやれっつーの。こいつら、子どもだろうが、困窮者だろうが、年寄りだろうがお構いなしだから、そこんとこ腹が立つ。マジ、むかつく」

陽太は椅子に座ったまま腕を組んでいる。何か呟いたようだが、聞き取れない。

「陽太、頼む」

今度は甲斐が陽太の背を叩いた。一度だけ、かなり強く。陽太は大げさに顔を歪めた。

「あいつらはプロの詐欺師だよ。相手にするんだったら、それなりのリスクがあるからね。

みんな、そこんとこ、わかってんの」

「わかってる。でも、このまま放っておくリスクの方が高いと思う」

「リスク……そうかぁ」

陽太が頭をがりがりと掻いた。コトリが眉を顰める。

「きったねえなあ。フケ、落すなよ」

「ご心配なくぅ。毎日、シャンプーとコンディショナー、ちゃんとやってます。この艶髪を見てくれ。なんて、そんなことはどうでもいいけど。ぼく的には、甲斐の言うリスクがよくわかんないんだよねえ。確かにプロジェクトを食い物にされちゃうの、『アーセナル』にとっても痛くはあるし、せっかくのチャンスを逃すのも悔しいけど、『アーセナル』の基盤そのものが揺らぐわけじゃないっしょ。詐欺グループと関わるリスクの方がでかいんじゃね？」

「将来的に基盤を揺るがすようなピンチになりかねないと、おれは思ってるんだ」

甲斐の一言に、陽太の眉が吊り上がった。文字通り、見えない釣り糸で引っ張られたかのように持ち上がったのだ。

「この先、『アーセナル』が大きくなっていくためには、長谷屋さんのように企業と公的なプロジェクトを結び付けてくれる人が絶対に必要になってくる。今回のオファーはその一歩だ。それを断って、関わらずにいたら、二歩目はない。だから、おれは断りたくないし、関わっていきたい。さっき、陽太が事務局の組織がぐずぐずだって言っただろう。組織内に協力者がいるかもとも言ったよな。それヤバくないか。ヤバいよな」

「もろに、ヤバいけど……」

「そのヤバい芽を放っておいたら、『アーセナル』にも影響してくる。だろ？　芽が育って、事務局の組織をぐずぐずどころか壊してしまわないうちに、摘み取ってしまわないと、『アーセナル』は大きなチャンスを失うことになると思うんだ。今回だけじゃなくて、この先もずっと。今なら、まだ間に合う。全然、間に合う。間に合ううちに何とかしたい」

陽太は答えなかった。無言で天井を見上げる。かわりのように、コトリが顎を突き出した。

「あたしも、詐欺グループなんかと関わりたくねえよ。相手にするリスクもわかってるつもり。けど、ここまできて知らんぷりできるか？　うちに回ってくる分まで横から分捕られるかもなんて、ぜーったい、嫌だね」

「すみません。あたしは、よくわかってないです。でも、甲斐くんの言うこともコトリさんの言うことも、納得できます」

詐欺師と対峙するリスクなんか、考えたこともない。しかし、コトリの言う通りだ。

ここまできて知らんぷりなど、できない。

「まったく、馬鹿ばっか揃っちゃった」

陽太が甲斐を見上げ、片目を瞑る。

「わかりました。みんながやるっていうなら、ぼくもやる。確かに『アーセナル』のためにも、早めに潰しとくのアリかもね。けどさ、どーすんの。何度目かの、どーすんのだけど、どーすんの、CEO。どうやって、最初の芽を引き抜くつもり？　何か策、あるの？　これから考えるなんて言ってたけど、そんな悠長な場合じゃないよ」

「策を練る時間がないなら、正攻法でいくしかないな」

甲斐が窓の外に視線を向ける。さっき、燕が飛び込んできた窓だ。千香も釣られて、目をやった。青くぎらついた夏空が広がっていた。

三章　アーセナル、始動

1

手入れの行き届いた白髪を撫でつけ、老女は言った。

「それでね、わたしはずっと小学校の教師をしておりましたから、亡くなった主人の遺産に加えて、わたしの退職金も残っておりますの。あ、いえ、驚くほどの金額じゃないんですよ。家の改築に、かなり使いましたからね。主人は教師ではなく、サラリーマンでした。『真西屋』でずっと働いておりましたの。『真西屋』、ご存じでしょう。このあたりでは一番大きな百貨店なんです。そこで定年まで勤めあげたんです」

老女の向かい側に座った男は曖昧な笑みを浮かべ、何度も相槌を打っている。濃紺の背広に青い斜め縞のネクタイを締めた、隙のない身形をしていた。

「でも、ほら、こんなご時世で百貨店の経営も厳しいのか、思ったほど退職金がもらえなくて。主人はこんなものだと笑っていましたけれど、わたしはちょっとショックでしたね。大きな声じゃいえませんけど、わたしの方が多かったぐらいですもの。でもねえ、そんなもの、主人が昨年、急死したショックに比べれば取るに足らないものでしたよ。ええ、ほんとに急死だったんです。庭で草抜きをしていて突然倒れちゃって、たまたまこの娘が」

老女は隣の若い女を指差した。

「家にいてくれたから、すぐに救急車を呼べたんです。わたし一人なら、どうなっていたか。でも、まあ、どっちにしても主人は亡くなったんですけどねえ。人の命って儚いものです」

「お祖母ちゃん」

女が老女の腕をそっと引っ張る。

「そういうのはいいから、投資の契約をしたいんでしょ。自分のことばっかりしゃべってたら、迷惑だよ。えっと……」

女は手許の名刺をちらりと見て、「邦元さん？　ですよね」と確認した。

「邦元です。『ヒューマンバンク・カンパニー』で営業を担当しております」

「まあ、御立派だこと。失礼ですが、お幾つでいらっしゃるの」

老女が上品に笑う。

「今年で三十一になります。大学を出てすぐメガバンクに就職したのですが、やりがいを求めて去年、こちらに転職いたしました」

「まあ、そうなんですか。ご結婚はしていらっしゃるの」

「いえ、まだ。仕事に打ち込み過ぎて出逢いがなくて……ははは」

「そうなんですか。里佳子ちゃん、あなた立候補したら。お似合いじゃないの」

「もう、お祖母ちゃんったら何を言ってるの。邦元さんに失礼よ。すみません。お祖母ちゃん、昔の人なので、わたしがお嫁に行かないって焦っちゃってるんです」

「失礼なんて、とんでもない。こんな素敵な彼女がいたら幸せだろうなって思います」

「ほら、里佳子ちゃん、邦元さんもこう言ってくださってるし」

里佳子が思いっきり顔を顰(しか)める。

「今日は、そんな話をしにきたんじゃないでしょ。しっかりしてよ」

里佳子は顔を上げ、邦元を真っすぐに見詰める。

「邦元さん、お電話で話したように祖母は『ヒューマンバンク・カンパニー』さんのセミナーに昨日、参加させてもらって感銘を受けたそうなんです。昔、教師だったからでしょうか、子どもたちの役に立てる投資があるなら、ぜひ、やりたいと申しまして。それで、今日、詳しいお話を伺いたくてご連絡したんです」

「ありがとうございます」

邦元が深く頭を下げた。

朝十時という時間帯のせいだろうか、駅前のファミレスは空いていて、静かだ。窓際の席でカップルらしい二人連れが特製パフェの写真を撮っている。その笑い声がはっきり聞こえてくる。老女が眉を顰めた。

「あんな大声で笑って、はしたないわねえ。わたしが若いころは、人前では歯を見せてもいけないって言われていたんですよ」

「お祖母ちゃん。関係ない話をしないの。邦元さんは、次のセミナーの準備で忙しいんだから。確か、隣の市でも明後日から開催されるんですよね」

「そうなんです。うちは、まだ支社を大きな都市にしか出せてなくて、あらたな投資家さまの掘り起こしのためにも、こうやって地方都市を回っている次第です。ただ、大手の証券会社や投資銀行にはない、うち独自の商品がございまして、自信を持ってお勧めしたいんです」

そこで、邦元は柔らかく笑った。里佳子も笑みを返す。邦元の頬が僅かに赤らんだ。

「こちらのパンフレットにありますパッケージ型投資がそれで、つまり、投資先を一つに絞るのではなく、複数を纏めたものです。ローリスクとはいえ、投資ですからリスクがゼロになることはありません。しかし、このように投資先を分散させておけば全体で見たときにリスクが限りなく低くなります。投資先は、こちらの冊子の……ここ、〝NEW AG

Ｅへの扉〟の内の少子高齢化のページをごらんになって下さい。

老女と孫娘が少し屈み込む。

「政府も少子化を喫緊の課題として、対策を打ち出しています。その一環としてこういうプロジェクトも考えられているわけです。我が社としても協力したいと思い、投資先を子どもに関わる企業に限定するプランを設けました。例えば、ここは全国展開している子ども服の専門店ですが、知ってらっしゃいますか」

「もちろんです。この市にも何軒かありますよ。わたしも子どものころお世話になりました。値段のわりにかわいいお洋服がいっぱいあるんですよね。思い出すと懐かしくなりますね」

里佳子の声が弾んだ。

「はは、そうですか。ここは、売り上げの二パーセントを子ども基金として、子どものための活動に使っているんですよ。そういう投資先を集めて、パッケージングしたものです。手堅い経営の所が多く、大きく儲けは出ないかもしれませんが、崩れる危険性もほぼありません。その上で、子どもたちの未来を守る一助にもなります。同時に小口ながら、若い人たちの起業を手助けするために30代までの若い起業家の立ち上げたベンチャー企業を投資先とした応援プランも入っています。むろん我が社が厳選した企業ばかりですが、ややリスクは高くなるかもしれません。しかし、大化けする可能性もあります。何しろ、国が政策として後押ししているわけですからね」

「すばらしいわ」

と、老女が声を張り上げた。カップルの男がちらりと見てくる。老女は気付かないのか、意に介さないのか、その声量のまま続けた。

「すばらしいわ。理想的なお話よ。えっと、あなた……何と仰いましたっけ」

「邦元さんよ。お祖母ちゃん、もうちょっと小さい声で話して」

「そんなに声が大きい？」

「大きいわよ。お金に関わる話をしてるんだから、周りに聞こえないようにしゃべって」

「難しいわね。それなら、うちに来ていただいたらよかったのに」

「掃除してないから誰も家に上げたくないって言ったの、お祖母ちゃんでしょ」

「また、そんなきつい言い方をして。あんたは、ほんとに気が強いんだからねえ」

「まあまあ、お二人とも落ち着いてくださいよ」

邦元が苦笑混じりに祖母と孫娘を宥める。

「では、この商品、気に入っていただけたんですね」

「もちろんです。でも、どれくらいのお値段なのかしら」

「はは、パッケージ商品ですから、お客さまの予算に合わせて組み合わせることができるんです。どれくらいの予算を考えていらっしゃるのか、わたしの方からお尋ねしたいのですが」

「どれくらいと言われましてもね……」

老女は手提げの中から巾着型（きんちゃくがた）の布袋を取り出した。中には数冊の預金通帳が入っていた。それを並べる。

「これには三百万、こっちには定期で一千五百万、これは六百万ほどの預金がありますの。わたしの年だと、まあ十分でしょうねえ」

「お祖母ちゃん、通帳を全部もってきたの。ここで見せなくていいから、仕舞って」

「えっ、いいの？　でも、ちゃんと邦元さんに見てもらわないとねえ」

「いえ、通帳までお見せいただかなくて結構ですよ。では、とりあえず五百万でパッケージングしてみましょうか。えーとですね。ちょっとお待ちください」

邦元は膝の上でノートパソコンを広げ、操作する。

「えーと、こんな感じになります。画面を見てください。この円全体で投資額の五百万になりまして、構成比率は色分けしてあります。株式と債券と……」

老女は再び前屈みになり、邦元の説明に耳を傾けた。

「なるほど、よくわかりました。わたしのお金が子どもたちや若い人たちへの支援になるなら、嬉しいわ。なんなら、もうちょっと出してもいいけど」

「あ、いえいえ。こういう言い方は失礼かもしれませんが、投資の初心者でいらっしゃるわけですから、最初は無理をなさらないのがよろしいですよ。半期ごとに評価損益額をお知らせいたしますから、プラスになっているようなら、さらに増資をお考えになればいいのでは」

老女が目を細める。

「まあ、良心的ですわねえ。お人柄かしら」

「わが社は社会貢献と投資家さまへの利益還元を社是としております。そこに心打たれて、わたしも転職を決意したわけですので」

「まあまあ、ほんとにご立派だこと」

「はは、では、契約の手続きを取らせていただいてよろしいですか。こちらのタブレットのパネルに署名をいただきたいのですが、その前に契約内容のチェックをお願いします」

「まぁ、このごろは紙じゃなくて、こんなものに名前を書くの。上手く書けるかしら」

「お祖母ちゃん、自分の万年筆じゃなくてこっちの専用のペンを使うの」

「はははは、慌てなくていいのでゆっくりお願いします。契約書を交わして、お振り込みをいただきましたら正式に契約成立となります。一週間以内に確定書をお送りします。そこにお客さまの契約番号が記してありますので保管しておいてください」

里佳子が顔を上げた。

「振り込みをしなかったら、契約は成立しないんですね」

「は？　ええ、もちろんそうなります。このお手続きも無効となりますね」

「そうですか。お祖母ちゃん気紛れだから、突然、止めたって言い出すかもと思って」

「そうですね。稀にですがそういうケースもあります。大切なお金ですから悩まれるのは当然です。万が一、気持ちが変わっても仕方ないことと承知しておりますから」

老女がペンを置き「本当に優しいのねえ」と、満足げに笑った。


「あぁ、疲れた」

コトリはバッグを投げ出すと、イスに座り込んだ。

「はいはい、お疲れ、お疲れ、お疲れさまでした」

陽太が冷えた麦茶のグラスを運んでくる。

『アーセナル』の室内はほどよく冷房が利いて、心地よかった。

「でも、上手くいったみたいだねえ。ぼくのシナリオ、カンペキだったもんね」

麦茶を一気飲みし、コトリは息を吐き出した。

「俳優がよかったんだよ。特にあたしとお祖母ちゃんが最高さ。甲斐、あのお祖母ちゃん、どこから引っ張ってきたんだよ。天然入ったお祖母ちゃん役、上手に熟してたよな」

「猪口さん、な。K市で演劇のワークショップをやってる人。子どもたちに自己表現の方法として演技を教えてるんだ。昔、舞台俳優をやってたと聞いたけどな。うちの外部メンバーの一人だよ」

千香は昨日送られてきたコメントを思い出した。

部屋から出てこられなくても、窓は開けられる？　もし、開けられるなら、新しい空気を入れて深呼吸してみてください。ずっと縮こまっていると身体が硬くなって、息が通りにくくなるからね。深呼吸出来たら、身体をゆらゆら動かしてみて。ゆらゆら体操、です。やり方、説明しますね。よかったら試してみてください。


あれは猪口さんのものだろうか。

「元俳優かぁ」と、コトリが明るい声をあげた。

「どうりで上手いはずだ。邦元、疑いもしてなかったもんな。チョロいカモが来たって眼で、お祖母ちゃんのこと見てたわ。へっ、ちゃんちゃらおかしいや」

「あたしも疲れました」

千香も麦茶を一息に飲みほした。緊張のせいか喉（のど）が渇（かわ）ききっている。

「えーっ、千香と甲斐は、ほとんど何もしなかったじゃん。カップルの振りして写真撮ってただけだろうがよ」

「そこが難しかったんです。稲作（いなつくり）さんのシナリオには〝イチャイチャしながら、ひそかにコトリたちの様子を撮る〃としか書かれてないんですから。あたしなりに必死の演技をしたつもりですけど」

「どうだかねえ。でもまあ、イチャイチャカップルには見えたかな。それより、写真の方はなかなかよく撮れてたじゃん」

「コトリさんも録音、ばっちりでしたね」

「万年筆型録音機な。へへ、チョーばっちりさ。邦元とのやりとりが、きれいに入ってる。さて、甲斐」

コトリは万年筆と、スマホから写真を移したＳＤカードを並べ、その横にクリアファイルに収めた『ヒューマンバンク・カンパニー』の冊子とパンフレットを置いた。

「これだけのものは揃ったぜ。冊子やパンフには邦元の指紋もしっかりついてる。これをどう使うんだ。警察に持ってくのか」

「持っていっても、詐欺罪は成り立たないよ」

陽太が首を横に振る。

「詐欺罪は被害者が加害者に金品を渡した時点で成立すんだよ。今までのところ、金品の受け渡しはないもんね。契約の五百万を向こうが指定した口座に振り込んだときに、成立するってことになるねえ」

「振り込んだらどうなるんですか。そのまま連絡が取れなくなっちゃうんですか」

千香に顔を向け、陽太はもう一度、かぶりを振った。

「振り込め詐欺なら、そのパターンだよね。でも今回は違うでしょ。ちゃんと書類一式、送ってくるんじゃないかな。もちろん、真っ赤っかの偽物だけど。向こうの狙いは投資家から金を巻き上げることじゃなく、十二億円のおこぼれを盗ることなんだから」

「あ……そうか。詐欺だと気付かれないように体裁は整えるってことですね」

陽太がVサインを突き出す。

「その通り。そういう意味でも、このパッケージプランは巧妙だよ。小口の投資先を集めて、社会貢献とローリスクローリターンを売りにする。プロの投資家なら、ほぼほぼ手を出さない商品だもんね。そして、プロなら簡単に詐欺に引っ掛かったりしない」

引っ掛かるのは投資に疎く、そこそこのゆとりがあり、社会貢献に関心のある素人というわけか。まさに、今日、猪口が演じた老女そのものだ。

不意にコトリが二度、机を叩いた。

「じゃ、何のためにこんな芝居を打ったんだよ。役者や小道具まで揃えて」

「知らないよ。甲斐に聞いてよ」

甲斐は白手袋をはめると、万年筆とSDカードとクリアファイルを黒い箱に仕舞い込んだ。

「詐欺は相手を欺く行為を開始した時点で未遂罪が成立する。これだけ証拠があれば、立証できるさ。できたら、『ヒューマンバンク・カンパニー』を潰（つぶ）せる。じゃ、おれ、出掛けてくる。悪いけど通常業務に戻って、仕事、お願いします」

「えっ、待てよ。出掛けるってどこに行くんだよ」

「東京。長谷屋（はせや）さんと鈴木さんに逢ってくる。今夜、遅くには帰るから。明日、また報告するな。じゃ、行ってきます」

カバンを摑（つか）むと甲斐は軽快な動きで出て行った。

「コトリさん」

「何だよ」

「鈴木さんて、誰ですか」

「警視総監」

「……じゃないですよね」

「じゃ、検事総長」

「でもないですよね」

「ねえよ。鈴木なんて日本中にどんだけいるんだよ。あたしが知るわけねえだろ。陽太」

コトリは陽太の座っているイスを蹴った。

「おまえは知ってんのか」

陽太は大げさな身振りで右手を横に振った。

「コトリと同じ。知るわけないっしょ。でも、まあ後は甲斐に任せよう。あいつのネットワーク、半端じゃないから。マジで警視総監や検事総長に繫がってても、ぼくは驚かないね」

「甲斐任せか。まっ、それしかないな。あ、今日中に経費の計算しとかなくちゃ」

「ぼくも営業に行かなきゃ。がんばろうっと。千香ちゃん、今週分の〝SQUARE〟のまとめ、お願いしまーす。デジタルデータと印刷したのと二つとも出しといてくれる」

「はい。もうデータ整理はできていますから、印刷しますね」

風に窓ガラスが鳴った。その音がやけに大きく響いて、千香は思わず身を竦めた。

「あ、そういえば、千香。例の図書館の件、どうなった」

コトリが風音を上回る大声で問うてきた。

「はい。今、日程の調整をしてます。来週中に榎田さんと打ち合わせする予定です」

「助っ人の方は？　上手くいきそう」

「はい、今朝、連絡が取れました」

あたしでいいの。

スマホの向こうから菜々美はそう切り出した。千香が出勤のため、髪を梳かしていた最中だった。「久しぶり」でも「元気だった？」でもなく、「あたしでいいの」と問うてきたのだ。

「うん、菜々美がいいの。詳しいことはまた話すけど、図書館でワークショップみたいなことしたいと思ったとき、菜々美の顔が浮かんだ。だからメールしたんだよ」

「あたしの顔が……」

「手伝ってくれる、菜々美」

　息を吐く音がした。

「いいよ」。短い答えの後、菜々美は少し早口になって続けた。

「夏休み中なら、暇してるから。また、連絡して」

「わかった、連絡するね。菜々美。あの、」

　ありがとうと千香が告げる前に通話は切れた。でも、伝わっただろう。

　ありがとう、菜々美。

「ふーん、順調ならいいけどさ。ランチ、二千円までだからな」

「え？　なんのこと？　ランチ、奢ってもらえるの。じゃ、ピザとか頼もうよ」

　着替え中の陽太がパーテーションから顔を出す。

「奢るわけねえだろうが。しっかり働け！　そしたら、無料社員食堂ぐらいできるかもだ」

「ありえねえ。ぜーったい、ありえねえ」

　陽太の声に合わせるように、窓ガラスがかたかたと鳴った。

太陽が雲に隠れたのか、部屋の中が薄暗くなる。

風音は鳴りやまない。

千香は、甲斐が出て行ったドアを暫く見詰めていた。


『ヒューマンバンク・カンパニー』に警察の捜査が入ったのは夏の終わり、千香が大学のある都市に帰る準備を始めたころだった。

「邦元も逮捕されたみたいだな。未遂どころか詐欺罪が成立する案件がごろごろ出てきたっていうじゃねえか。つーか、これからもごろごろ出てくんだろうな。ざまあみろって感じ。まっ、これで一件落着」

コトリがニュースを見ていたスマホを置くと、千香に笑いかけた。

「そうですね。でも……稲作さん」

「うん、スザキがいない。きれいに消えちゃってるな。捕まったのはトカゲの尻尾だけ」

陽太が眉を寄せて、口をつぐむ。暗い表情だ。

「同じだよな。この前と同じ……変わってない」

コトリが大仰な仕草で両手を広げる。

「いいじゃん。今回の件は解決したんだから別に問題ないだろう。甲斐、事務局の方も動いてんだろ。塞がなきゃならない穴は見つかったのか」

甲斐はパソコンから顔を上げ、小さく首肯した。

「長谷屋さんからの連絡だと目星は付いてるらしい。でも、慎重に動いてるって。事務局に詐欺事件に関わる者がいたと公になったら、プロジェクトそのものが危うくなるしね。慎重になるのはしょうがないさ」

「へっ、慎重が過ぎて臆病にならないようにしてもらいたいね。お役所の事なかれ主義でこのままうやむやにしちまうなんてラストはごめんだぜ」

「それは、ないだろう。長谷屋さんだって本気なんだから。うやむやにはしないさ。ただ、着地の問題で」

電話が鳴った。スマホではなく固定電話だ。コトリが受話器を取る。

「はい、お電話ありがとうございます。『アーセナル』古藤が承ります。え……あ、はい。稲作陽太はうちのスタッフですが……あ、はい。失礼ですがお名前を……え？……」

振り返ったコトリの顔は、はっきりわかるほど強張っていた。

「陽太、男から電話。スザキと名乗ってるけど、どうする」

「きたか」

陽太は立ち上がり、受話器を受け取った。甲斐が「スピーカー」と唇だけを動かし、コトリがスピーカーボタンを押す。甲斐も千香も陽太を囲むように立った。

「……何用」

陽太が前置きなく、問うた。

「やあ、ヨータ久しぶりなのに、つれない態度だな」

スピーカーから聞こえてくるスザキの声は意外なほど明るく、軽やかだった。

「用がないなら切るけど」

「用はおおありさ。いろいろとやってくれたから、お礼も言いたいしな」

「そういうことなら、気にしなくていいけど。お互いさまなんで」

「ふふん。おかげで、せっかくの儲け話がぱぁになっちまったよ。しかも、暫くは日本にいちゃ危ないようなんで、外に出て行くことになった」

「ああ、外国に行くの。国外逃亡ってやつ。いいんじゃない。南のリゾート地かなんかでゆっくりすれば。刑務所よりちょっとはマシだと思うよ」

ははは、と、これも軽やかな笑い声が漏れてくる。

「相変わらずの減らず口だな。まぁ、おれも急がなきゃならないんで、このお礼は、ほとぼりが冷めてからゆっくりさせてもらうよ。でも、お互いさまなんで、おまえにもおまえの会社にも置き土産ぐらい残していくからな。楽しみにしててくれ」

「え？　何のことだ？」

「ふふ、じゃあな」

「ちょっと、待てよ。おい……」

通話が切れる。陽太がため息を吐き、受話器を置いた。

「相手が何を仕掛けてくるか、様子を見てからだ」

甲斐が告げる。

「それから対策を練ればいい。十分、間に合う」

「だね。ただの悔し紛れの脅しかもしれないし」

コトリが妙に朗らかな口調で答えた。陽太は黙っている。千香も何も言えなかった。

「仕事に戻って。やることは、山ほどあるぞ」

甲斐の一声に押され、席に戻る。

窓の外には今日も風が舞っていた。

2

スマホが鳴っている。

その音で目が覚めた。

コトリからだった。反射的に枕もとの時計で時間を確かめる。

午前二時十二分。

「もしもし」

「千香、ごめん。こんな時刻に。けど、ちょっとヤバいんだ」

「ヤバいって、何がです？」

「ネットに『アーセナル』のスタッフの中に詐欺師がいるって書かれてんだ」

「えっ」

飛び起きる。パソコンを起動させる。胸の奥が痛い。きりきりと痛い。

『アーセナル』のホームページに続き、赤い前髪の陽太の写真が数枚、貼り付けられていた。笑いながら親指を立てているもの、連行される姿のもの、そして今の背広姿のもの、当時の新聞記事とネットニュース、被害者の声も載せられている。

「これは……」

「『アーセナル』の活動は教育機関や子どもとの関わりが重要だからな。ちょっとヤバいかもな。ったく、痛いとこを衝いてきやがった」

コトリが舌打ちする。耳慣れたはずの音に、鼓膜が震える。

千香は唇を噛んだ。


「さっき、長谷屋さんから電話があった」

と、甲斐が切り出す。

今日も暑い。しかし、空は濃灰色の雲に覆われ、いつ雨が降り出してもおかしくない空模様だ。そして、この雨の後は、秋の気配が漂い始めるらしい。季節は僅かずつだが、移り変わろうとしている。

『アーセナル』の窓は開いていた。ただ風は湿って、いつもの涼やかさはない。普段より早目にエアコンのスイッチを入れなければならないだろう。

「結論から言うと、イベントへの参加の件、白紙に戻したいとのことだ」

「何だよ、それ。向こうから持ちかけといて、ヤバくなったら切り捨てかよ。馬鹿にしやがって。これだから、元官僚なんて信用できないんだ」

「長谷屋さん、申し訳ないって声を詰まらせてた。彼女一人の意思じゃどうにもできなかったんだよ。それに、おれはイベント参加の件、諦めてないから。まだ逆転のチャンスはあるって。あ、それと、他にも幾つか融資の打ち切りや外部メンバーの辞退があった。それと、ネット上および電話での誹謗中傷もある。ファックスもけっこうきてるかな」

「みんな、くそったれだ」

コトリが毒づく。陽太が席を立った。

「ぼくが『アーセナル』を辞める。そしたら、これ以上は迷惑かけないで済むはずだ」

「陽太、馬鹿なことを言うな。そんなこと認めないぞ」

「でも、それが一番いい方法なんだ。せっかく立ち上げた『アーセナル』がこのままでは駄目になる。それは、耐えられない」

「そんな自己犠牲、捨ててしまえ。仲間じゃないか。みんなで乗り越えていくんだ」

「甲斐。おまえってやつは……。あれ？　コトリ、どうして黙ってんの」

「しゃべりたくねえからだよ」

「そんなぁ。ここで、『おまえらアホかい』とか突っ込んでくれないと困るんだけど」

「そうだな。当然、コトリが突っ込んでくれると期待してたんだけど」

「おまえらアホかい。アホを相手にする暇なんてねーよ」

「じゃ、千香ちゃん、お願い」

千香は首と手を同時に横に振った。

「無理です。そういうノリにはついていけません。あたしには突っ込みなんて真似、百年早いです。ごめんなさい」

「千香、謝ることなんてないぜ。こいつら切羽詰まると、決まってふざけやがんだ」

「切羽詰まってなんかないさ」

甲斐が指で丸を作る。

「そりゃあ痛手は痛手だけど、致命傷になるわけじゃない。これくらいの傷はスタートアップ時点で織り込み済みだ。何度も言うけど、おれは諦めていない。ここで『アーセナル』の底力をみせてやるんだ。長谷屋さんにもう一度、連絡とってみる。プランニングのことも含めて、きちんと説明する機会をもらう」

「でも、どのくらいの痛手なのか具体的に洗い出さなきゃならないね。ぼくとしては、この先、いろいろあったけど『アーセナル』に出逢って生きる道を見つけた元詐欺師路線でいくつもり。更生の物語さ。しかも、正真正銘本物、作り話じゃないよ」

そこで、束の間、陽太は唇を噛み締めた。

「スザキみたいなやつに負けてられないからさ」

「負けてなんかないさ。陽太、ホームページにコメントを出せ。路線とか更生の物語とか、そんなちゃちなものじゃなくて、真実を書くんだ。それで、スザキの小細工なんか吹っ飛ばせる」

「吹っ飛ばすか……。そんな強力な武器になるかな」

コトリが口笛を吹いた。

「なるんじゃね。よーく考えてみればさ、陽太のおかげで詐欺の被害を抑えられたわけじゃねえか。そこを考えずにネットの中傷に踊らされて白紙？　笑わせんじゃねえよ、文科省も事務局も情けなくね。な、千香」

「はい。ものすごく情けないです。文科省だけがプロジェクトに関わってるわけじゃないと思いますが。ともかく、大人として情けないです」

「細かいとこはいいの。ともかく、うちらが吹っ飛ばしたら、ふふん、どうなるかね、甲斐」

「事務局としては、かなり後ろめたいかもな。罪を償って生きている若者の足を引っ張ったなんて言われても、しかたない」

「だよねーっ。ピンチはチャンスじゃん。うまくいけば、こっちの提案、じっくり聞いてくれるかもよ。説明の機会なんて、あっちから頭下げて頼みに来るかもなあ」

「コトリ、悪徳商人みたいな顔になってるぞ」

「ほっとけ」

甲斐が笑う。陽太は真顔で「真実は武器になる、か」と呟いた。

「武器だと思います。それに大丈夫ですよ、稲作さん」

千香は声を上げる。自分でもわかるほど、張りがあった。

「さっき〝SQUARE〟を開いてみました。たくさんのメッセージもコメントも届いています。『アーセナル』のことを心配してくれるものもありました。大丈夫です。『アーセナル』を必要としてくれる人たちがいます」

「千香、なんかすげえぞ。そんなにかっこいい台詞を口にできるなんて、すげえ」

コトリが瞬きをする。

「えっ、いや、かっこいいなんて……じ、事実ですから……。あのそれと、榎田さんからのメールも入ってました。打ち合わせを来週火曜日でどうだろうかって」

ここにも揺るがない人がいる。

電話の音が響く。一瞬、身が硬くなった。コトリは滑らかな動作で手を伸ばす。

「はい、もしもし『アーセナル』古藤が承りま……は？　はあ、ええ、覚えておりますが……はあ、はあ……いえ、そんな、とんでもございません。はいはい、まあ……そのようなご事情があって……いえいえ、わたくしどもは却ってありがたく……はい、ありがとうございます。ぜひ、ご参加くださいませ。え？　はい……まあそうですか。はい、失礼いたします」

千香と陽太と甲斐は、それぞれに顔を見合わせていた。三人に向かって、コトリが笑む。

「ちょいと前になるけど、クレームの電話かけてきた男がいただろ。学校に行かないで引きこもってるやつを甘やかすなって、一方的にしゃべって切っちまったやつ」

「ああ、覚えてます。何か大声で喚いてるなってイメージでしたけど、その人が？」

「うん。本人も十年以上引きこもり状態だったんだってよ。それで、むしゃくしゃを電話でぶつけてきたらしい。〝引きこもっているやつ〟ってのは自分のことだったってわけさ。電話の後も『アーセナル』のことが気になってよく覗いてたってよ。で、メッセージとかコメントに接しているうちに、じたばたしてるのは自分一人じゃないと気が付いて、気が付いたら少し楽になったって。それで、がんばってくれって連絡してきた。あ、なんか、よーわかんないけど、ゆらゆら体操？　それがすごく気持ちよかったから、担当に伝えといてくれだとよ」

「わぁ、あたしたちにエールを送ってくれたわけですか」

「じゃね。ネット見て心配になったと言ってたよ。電話で怒鳴ったから、電話で謝ろうと思ったんだとよ。根は律儀な人みてえだな」

「よし、やろう」

甲斐が手を打ち鳴らした。

「『アーセナル』始動」

「了解」

コトリが敬礼の真似をする。湿った風がその前髪を微かに揺らした。


陽太のコメントはかなりの威力だった。

自分の過去、犯した罪の内容、両親の懸命な弁済とそれへの想い、甲斐との出逢い、『アーセナル』を立ち上げた理由、これからの望み、今の『アーセナル』の状況……ここまで書くのかと千香が驚きも、圧倒もされた内容だった。陽太に頼まれて、簡単な校正をした。それで、さらにすっきりとわかり易くなったと、甲斐とコトリから褒(ほ)められた。

真実は確かな武器になったのだ。

『アーセナル』のイメージが詐欺師の働く胡散臭(うさんくさ)い会社から、若者が生きる場として起業した未来志向の企業に変わるのに、さほど時間はかからなかった。

「何とか乗り切ったかな」

千香と二人で草取りをしながら、甲斐が言った。庭掃除の当番で、早朝から蔓延(はびこ)った雑草と悪戦苦闘していたときだ。

「うん、乗り切ったね」

甲斐が額の汗を拭き、ふっと息を吐いた。

「守れて、よかった」

「甲斐くん、不安だったの？　そんな風には見えなかったけど」

千香も首にかけたタオルで汗を拭く。

「川相は不安、なかった？」

「あんまり、なかった。『アーセナル』には芯があるって感じてたから」

「芯、か」

「それが、みんなのコメントなのか、甲斐くんの存在なのか、コトリさんや稲作さんの仕事なのか正直、わからないんだけど、でも確かなものを感じるの。だから、怖くはなかったよ」

甲斐は何も言わなかった。暫く、黙り込む。長い根のついた草を何とか引き抜いて、千香がもう一度汗を拭いたとき、甲斐が再びしゃべり始めた。

「乗り切れるとは思ってた。このぐらいで潰れたりしないって。でも、おれ、ときどき、どうしようもなくなることあって……。不安で居たたまれないような気になるんだ。昔から、そうだった。他人の悪意に触れると、そこが傷になって血が流れだしてしまう。そんな気持ちかな。だいぶ、よくなったんだけど」

「……甲斐くん」

「中学のころが一番、酷くて。本気で死にたくなって……。死にたくないのに死にたくなって、誰かに助けてもらいたくて……そんなこと、ずっと考えてた時期があった」

「甲斐くん、あの……」

「話、聞いてもらえる？　川相には話したいんだ。去年、おれが呼び出して久しぶりに逢った日、川相言っただろう。諦めなくてもいいと信じられたら、死のうとは思わないって」

「うん」

「あのとき、ちょっとどきっとした。おれの最悪な戦いの日々を知ってるのかって」

千香は微かに、かぶりを振った。

知らなかったよ、甲斐くん。あたし、何にも知らなかった。知らなくて、黙っていなくなった甲斐くんを少しだけど、ほんの少しだけど怨んだりしたよ。淋しいと思った。

「でも、あの言葉なんだ。諦めなくていいと信じられたら、死なずにすむんだ、ほんとに。おれ、陽太のおかげで生きることを諦めずにすんだし、川相やコトリのおかげで、『アーセナル』を諦めずにすんだ。だから、今、何て言うか……自分を乗り切ったって感じなんだ。悪意に負けずに、生き残ったぞって言いたい気分なんだ。えっと、だから、川相」

「はい」

「ありがとな」

甲斐は照れたように笑った。汗に濡れた頬を朝日が照らして、淡く発光させていた。きれいだなと、千香は思った。何か言いたかったけれど、何も言えなかった。

「明日、大学に戻るんだよな」

「うん」

「当分、またリモートだな」

「うん」

草を引っ張る。根っこと一緒に蚯蚓（みみず）が現れた。

「あ、それ、陽太が釣りに使うかも。庭掃除の当番はバケツ一杯、集めろとか言ってた」

「稲作さんが釣った魚なんて見たことないよ。いつも、ザリガニしかとってこないし」

「あれを食えって言われたら、おれ、辞退する」

「あたしも。まずは稲作さんに食べてもらいたいよね」

甲斐が天を仰ぐように顔を上げ、笑った。

その声が風に乗って碧空（あおぞら）に消えていく。千香も笑った。

「きゃあ」

思わず悲鳴を上げてしまった。

ドアを開けたとたん、左右からクラッカーが鳴り響き、紙テープが飛んだのだ。

「千香、大学卒業、おめでとう」

コトリが花束を差し出す。

「そして、社会人として初出勤おめでとう。『アーセナル』へ、ようこそ」

陽太がクラッカーをもう一つ、鳴らした。

甲斐は数歩後ろで、微笑(ほほえ)んでいる。

「みんな、ありがとうございます。今日から、新たによろしくお願いします」

花束を抱き締め、頭を下げる。

拍手が起こった。その拍手が鳴りやんだとき、甲斐が告げた。

「川相、早速、仕事を頼む。イベントの相談とシンポジウムに使うデータの問い合わせがけっこうきてるんだ。それと、昨日、長谷屋さんから連絡があって、次のプロジェクトについて相談したいって。そこのデータも頼む」

「元官僚は当てにならないけど、あの人、けっこう気にしてくれてんだよな。千香、忙しくなるよ。覚悟して」

「はい」

「仕事の前に掃除しようぜ。床が紙テープだらけになっちゃったよ」

「今日の掃除当番は陽太だろう。がんばれ」

「またそんな殺生なことを。あ、けど、千香ちゃん、その髪色いいね。シナモン色のショートボブにローズのメッシュって、むちゃくちゃ似合ってる」

「ありがとうございます。思い切って染めました」

「陽太、千香を懐柔して掃除手伝わそうなんて魂胆じゃねえだろうな。でも、千香、マジで似合ってるぞ。けど髪型と仕事は関係ないからな。あ、今朝、榎田さんとE大学の学生二人から連絡があった。この秋、大学祭で各市の図書館と連携して〝子ども祭〟みたいなイベントやるんだろ。その相談をしたいって」

「はい」

「けっこう大掛かりになりそうだけど大丈夫か？」

甲斐が問うてくる。

「大丈夫。ずっと続けてきたことが大きくなるのって、嬉しいもの。がんばる」

――あたし、地元には帰らない。でも千香が呼んでくれるなら、手伝いはしたい。ほんとに、やりたい。

昨日、奈々美はそんなメールをくれた。

大丈夫、あたしはがんばれる。この「アーセナル」で、がんばれるよ、甲斐くん。

千香はそっと花束に顔を寄せた。バラが香る。

さあ、やるぞ。

バラの香りを吸い込み、千香は自分に語り掛けた。

さあ、やろう。ここから、ここで始めよう。

机の電話が音を立てる。千香は受話器を耳に当てた。

「はい、『アーセナル』の川相が承ります」

あさのあつこ

岡山県生まれ、在住。大学在学中より児童文学を書き始め、小学校講師ののち、１９９１年『ほたる館物語』で作家デビュー。97年『バッテリー』で第35回野間児童文芸賞、99年『バッテリーⅡ』で第39回日本児童文学者協会賞、２００５年『バッテリーⅠ～Ⅵ』で第54回小学館児童出版文化賞、11年『たまゆら』で第18回島清恋愛文学賞を受賞。他の著書に『NO.6』『ランナー』『火群のごとく』『透き通った風が吹いて』『野火、奔る』など多数。児童文学から時代小説まで、幅広い世代に親しまれている。

アーセナルにおいでよ

二〇二四年九月二五日　第一刷発行

著　者　あさのあつこ

編集・発行人　篠原一朗

発行所　株式会社　水鈴社

ホームページアドレス　https://www.suirinsha.co.jp/

電話　〇三-六四一三-一五六六（代）

この本に関するご意見・ご感想や、万一、印刷・製本などに製造上の不備がございましたら、お手数ですがinfo@suirinsha.co.jp までご連絡をお願いいたします。

発売所　株式会社　文藝春秋

〒一〇二-八〇〇八

東京都千代田区紀尾井町三-二十三

電話　〇三-三二六五-一二一一（代）

販売に関するお問い合わせは、文藝春秋営業部までお願いいたします。

印刷・製本　萩原印刷

校　正　坂本文、金子亜衣

定価はカバーに表示してあります。

ISBN978-4-16-401009-9